八二華年

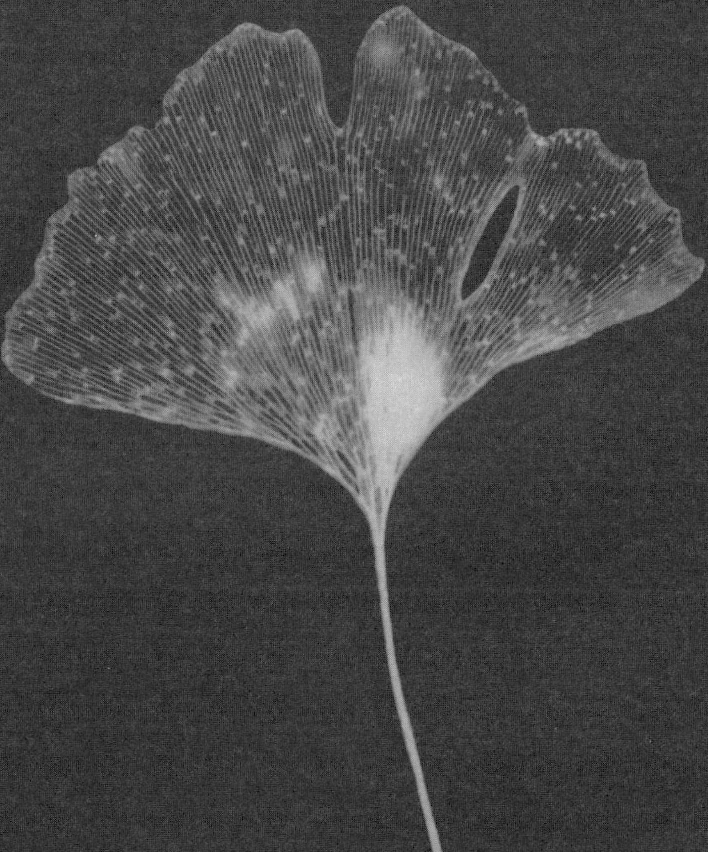

曉風

【代序】
八二華年

(1)

惜別晚宴就要開始了，一起前來香港開了四天會的朋友在大廳入口處排隊，等待服務人員帶我們入座。

「你是紫荊桌！」

我愣了一下，怎麼她不是說「第幾桌」，而是說出一個「花名」來。我朝名單上一望，原來大廳中十幾桌，桌桌都是花名，什麼牡丹啦，杜鵑啦，玫瑰啦，百合啦，丁香啦，芍藥啦，薔薇啦，紫羅蘭啦……

這香港，實在有吃的文化，不說第一桌、第二桌而代以花名。讓我恍然以為自己錯進了大觀園，參加了賈府的花園野餐……

不過正胡思亂想，服務小姐已把我帶到位子上了，我忽然發現不妙，這紫荊是首席

（香港以紫荊為「港花」）。吃飯貴在「自在」，吃飯而坐在大人物中間，其實是有點礙手礙腳的——當然，這是我的偏見。

待我剛要坐下，對面有位先生就對我發問了，我一時有點愕然——其實，不是他想問，他是代他身旁的一位靦腆不好意思開口的朋友問的：

「他，他想問你，你高壽多少……」

這在洋人，不知為什麼，算是不禮貌的提問。但因我是華人，對方也是（雖然分屬岸之一方），華人提這問題，我算它是善意的。

「我，八十二歲，我常笑自己是八二年華，並且常常故意講錯，說成是『二八年華』……」

大家都笑了。

(2)

首席還算好，並沒有令我害怕的官方氣味，尤其令人難忘的是有位具一半蒙古血統的施先生非常能唱，我可以近距離聽他那既潤又亮的嗓子，且因其人已走過一段人生到了中年，因而能在歌聲中有些溫柔和滄桑的餘韻。這份耳福十分值得珍惜，何況席間還有人提供了一瓶上好茅台。

(3)

不過，我其實也很想回問一下那位坐在我對面的「提問人」：

「你為什麼會提這麼一個問題呢？是不是看到我拄著一根拐杖還跑前跑後，還被指定在大會短講，還對事情提意見，還跟來自五湖四海的人高談闊論。其實，你不知道，我在大會正常開會之外，還『被朋友抓差』，另做了兩場演講，其中一場是對香港中學語文教師的一個協會。我比你看見的更忙碌、更操勞，我晚上在旅店還要看書、還要寫稿……

「你是想問我：『這麼老了，幹麼活得這麼辛苦……』嗎？」

這問題，我在席間沒好意思開口，原來，我跟那發問者一樣容易靦腆怯場。

(4)

「二八」其實指十六歲。（不過，八二不也是十六嗎？）

更早的時候，南朝鮑照有詩謂：

三五二八時，千里與君同。

指的卻是十五和十六夜的完美月圓。俗語說「十五的月亮十六圓」，十六夜的月色的確強碩飽滿。

但，十六，也指美少女的稚齡初熟之美。

白居易的詩中有：

見人不斂手，嬌癡二八初。

斂手，是縮手，是古代女性見人時表示謙抑自斂的肢體語言（平劇中，女子跟人打招呼時尚有這動作）。白詩中，此女尚年少，不懂女子必須謙卑自抑的社會陋習，只傻傻地、大剌剌地、毫無心機自自然然地站著，因而反具一分天真絕色。

二八是女子的妙齡——不過，我認為，八二也是。

(5)

唉，那位席間發問的朋友，今夕席散之後，我今生今世會不會有機會再見到他，其實也很難說。我姑且假定了他想問的事，也順便想好了回答如下：

我出生於一九四一，今年恭逢二〇二三，無功受祿，我糊里糊塗就活到八十二歲了。一個八十二歲的人該怎麼活，我也不太知道。如果是孔子，就沒有這問題，他七十二歲就走了。蘇東坡也沒這問題，他只活到六十四。日本時代的台灣人更慘，他們平均年齡只得三十九（另有一說是四十），還不到我的一半，我好像應該有點為活這麼久而自慚。

但我要活到幾歲呢？這話可不是我說了算。

一捆柴，能在山村冬夜的火爐裡燃燒多久，能提供多少芳馨和溫暖，很難預測。柴的本質、火爐的造型和製作、生火和烤火之人的技巧和維護、當日的風向和溫度、濕度，以及火頭滅了之後仍然燜在灰裡的餘燼可以延捱其熱度多久，都不是事先可以掐算的。

(6)

如果上帝自己親自來垂詢：

「我問你，在這個人世間，你還想停竚多少歲月？」

我會狡獪地回答：

「隨祢，祢看著辦吧！我不想自作主張。」

「奇怪，你都不想長壽嗎？你有完善的養生規劃嗎？不要都賴在我頭上。」

「長壽，我也不反對啦！但我不刻意。我只想簡單吃，安心睡，不煩惱。有時去做個體檢，對能令我愉快的事就熱心去做。但，什麼會讓我愉快？我認定『幫別人』讓我愉快——不過，這件事，可能有人認為是勞瘁傷身且令人折壽的呢！事實如何？我也說不出其是非。

「總之，活到幾歲，由祢定奪——但，怎麼活，我自有主意。而這主意，其實也是祢給我機會從書本和前人的榜樣中受到教育而學來的，那就是原則上『為世人而活，只留下一點點資源給自己』。譬如說，在自家陽台，用花盆加上吃橘子時留下的橘核，自種幾棵橘子樹，春來時，欣賞它新抽的粉嫩的小綠葉，恍然中，竟以為那就是我自己今年的新容顏……」

上帝無言，只在我肩頭拍了一記，輕輕無感的一記，丟下介乎有聲和無聲之間的一句話：

「好吧！孩子，你就照你領會到的法子去行吧！」

（二〇二三．十二）

輯二　我見她帶著作品前來

輯三　千年香徑

輯四　十八個「阿嫂」

輯一／忽然，記起了某個久違的觸覺

在噴水池的下面

讀那則故事，是好久以前的事了。最近又想起它來，於是便去翻箱倒櫃，重讀一次，好證明老來所記無誤。

還好，故事總是乖乖躺在故事書裡，千年不變。那故事是東方阿拉伯世界的奇譚，阿拉伯的「天方夜譚」一向奇崛詭異，令人神馳。

那故事是這樣說的：

曾有一個敗家子，從不知先人創業之維艱，所以在繼承家業之後，便成日花天酒地，不多幾時，就跟一窩子狐群狗黨把家財敗盡。於是，只好辛苦打零工過活，日子過得有一頓沒一頓的。

不料，他竟做了一夢，夢中有人對他說：

「去埃及吧！你在那裡會絕處逢生。」

他反正窮極無聊，便打算姑且前往一試。這位主角原住在古代巴格達，也就是今日之伊拉克。他到了埃及因沒錢投宿，便棲身在一間無人的古寺裡，累得倒頭大睡。倒霉的是，睡到半夜，鄰居遭竊，主人呼救，巡邏前來，小偷早已逃跑，這主角當然嫌疑重大，便被抓去關監，且遭獄卒痛打。三天後，總督提審，知道他是追隨著夢中人的指示，才從巴格達到埃及來的，不禁大笑，認為他是白癡。

「哼，我告訴你，你這傻瓜！怪夢，我也做過，還連做三次呢！夢中有人帶我去巴格達，巴格達有個大豪宅，它的格局是如此如此這般這般……，房子周邊還有花園，花園裡面還有噴水池，而噴水池下面，埋著許多金子……」

主角聽了，一言不發，眼睛卻閃閃發光。

總督大概因他坐了冤獄，身上還帶傷，便好心賞他一個銀元，打發他回巴格達去了。

主角出了門，腳下如抹了油，也忘了傷痛，一溜煙地，便飛跑而回，直回到巴格達老家。

原來，總督所形容的那間「園中埋金的夢中豪宅」，分明就是他自小居住的老宅子啊！

原來老爸把一罈罈金塊埋在噴水池的下方，原來自己並不真窮。遵照指示，他真的挖出雖經久藏，卻不會變質的金子。而這一次，受過教訓的他，終於知道如何緊守住自己的家業了。

我幹麼說這個故事呢？

因為十三億人口的中國老在說「中國夢」——啊，但我所希望看到的「中國夢」是可以挖出爍爍黃金的「尋寶指南」的那種夢，或者，更好，是比黃金尤為寶貴的「傳統文化」。人都有權做夢，也都有權在自家院中的噴水池下面挖出祖傳的黃金——但獲寶的指示雖來自天恩天啟，你自己也必須聽得懂那個夢才行啊！並且還要辛辛苦苦地提起圓鍬，深挖下去。你要熟悉你自己家園的每個角落，你要相信，相信自己是個擁有豐厚無比的遺產的繼承人……家業，是個好東西，要世代相傳不可糟蹋，要尊重，要不捨。至少至少，不能糊里糊塗隨手拋擲。

曾經，百年前，五四那一代的文化人自卑如喪家犬，其中悍將如魯迅，雖然人夠聰明，筆夠辛辣，卻會說出十分驚人的蠢話來，他說：

「廢掉漢字！」

如果漢字只靠拼音，則一九四九年十月一日毛澤東在天安門上發表的湖南腔短句，可以記錄如下：

「征鬼人民沾起來囉！」

（中國人民站起來了！）

中文同音字之多，中國各省各縣方言之龐雜，怎可能用拼音擺平？趙元任一篇百多字的〈施氏食獅史〉對初學華語的老外而言，真是夢魘一場。

曾經給捧成「文藝之神」的魯迅尚且會「智有不及處」，其他庸庸碌碌之輩，就更該小心別在精神上簽下「放棄文化繼承權」的文件。

最近，偶然參觀某大學織品服裝學系的展出，是同學在上完「數位內容與跨界設計」課程後，得到「傳承、啟發與創新」的具體呈現，我為同學辛勤的採摘和釀造的工夫而感到驚喜。那些圖案、那些線條、那些色彩和氣韻，都令人驚豔。不管我們的先祖是漢、滿、蒙、回、藏，是苗、瑤、傈傈、阿卡，或排灣、阿美……，我們都能在抖曬老箱子的時候，找到一筆筆令我們嚇一跳的祖傳的意外財富，我真想抓住個什麼人，並跟他說：

「噴水池下埋著金子——而噴水池就在你家花園，至於那花園嘛，唉，已遭你遺忘好一陣子了。」

（二〇一九・三）

「你是哪個單位的？」

他是我的朋友，他走了。他在這世上頗有些頭銜，但我去他的追思會卻只有一個理由——我欣賞他這個人，我是他的朋友。

麻煩的是，他有名，我想來的人一定多，我得早點去，早點坐好，早點寧定沉思。那天清晨我走到簽名處，人潮尚未湧現，執事小姐十分客氣卻又十分堅定地問我：

「請問，你是哪個單位的？」

事出突然，我一時竟答不上話來——我這人就有這個毛病，有些「忒笨」。我的意思是——不是普通的笨。

她問話的目的，其實我懂，會場大，人多，而且，各路人馬都有，所以，他們大概有個「座位區域規劃」，你必須自報家門，他們就可以把你往某個方位帶去。

悲哀啊，這是個擁擠的世界，紐西蘭也許不擠，但台北、香港、上海、北京都患擠，在

「擠擠多士」的人群中，你得知道自己的位置。只含兩眶淚水，想走進禮堂是不合格的弔客。好在問題倒也及時解決了，站在一旁的丈夫看我愣著，便簡單明瞭替我回答了：

「她是XX單位的。」

小姐鬆了一口氣，立刻指示我在禮堂中該坐的位置。

其實，我當時很想反駁，下面，是我心中虛擬的對話：

「對不起，剛才我丈夫說我是XX單位的，那句話是錯的——」

「唔，你是說，你並不屬於那個單位？」

「不，他那樣說，是因為他自己身在那個單位，而我，並不在那個單位，『哀悼』這種事，好像不作興讓我以眷屬身分被『攜眷參加』吧？」

「可是——那——你自己的單位又到底是什麼？」

「唉！（因為是虛擬，我不妨說得嚕嗦些。）我一生拿薪水的事是作教師，從助教作到教授，退了休，又作了幾年兼任，總共超過五十年年資，但是，我今天並不是代表我教書的陽明大學那個『單位』來的！」

「那麼，」虛擬中的她被我越搞越糊塗了，「如果你不代表陽明大學，那，你到底代表哪個單位呢？」

「好，這樣說吧，退了休，我又去作了四百天的立法委員——但是，我今天也不代表立法院前來悼祭！」

「歸根究柢，你到底算哪個單位？你可以簡單明瞭地告訴我嗎？」

「我在筆會任理事，作了大概七八屆了——可是，我今天來，並不代表那個單位。」

她好像準備放棄了，對她而言，我是個講不清道理的人。

「好吧，有一個單位，我或者可以考慮讓我自己屬於它！」

「呀，太好了，」虛擬的她燃起一線希望，「告訴我這個單位的名字！我也好幫你找到你的座次。」

「唉，沒有，我說的『單位』其實並不存在，只是給你迫急了，臨時生出的意念，想著『要不要來成立這麼一個單位』？」

「算了，算了，我沒空跟你扯，你腦子裡想的事也敢亂說，你看，你背後排著一大排的人，人家也都等著安插位子呢！」

虛擬的我回頭一看，呀，果真好長一大排人龍，當然囉，那是虛擬的人龍。

「好吧！我說，你可別笑出聲來，要記得這是喪禮場合。我想我得成立一個『張曉風文學工作室』，這怪怪的名字是我跟我的隔壁鄰居李美花小姐學來的，她最近把她的『家庭洗髮剪髮店』改成了『美花美髮個人工作室』。唉，這年頭，耍政治，要弄個XXX基金會。而混吃混喝嘛，則要有個『個人工作室』——但今天來不及了！」

「好了！好了！」虛擬的她毅然決定棄甲投降，「我搞你不過，我認栽，你進去吧！你愛坐哪裡就坐哪裡——奇怪，怎麼會有人不知道自己的單位？」

虛擬的我於是一面走，一面咕咕噥噥地埋怨：

「既說單位，總該有個七八人的編制吧？再少，也得三四人！但寫作這件事，永遠注定只能孤身一人去從事。就像某些險巇的山路，取名為『父子不相救崖』——寫文章也是如此，寫到極沉鬱、極惻痛或極煥燦的地方，只剩子然一身、四顧茫然，怎麼可能會有個你所從屬的單位跳出來罩你呢！」

寫作者不管擁有多少粉絲，他都是個形單影隻的踽踽獨行的人。他若有單位，單位就是他自己，他，就是單位。

（二〇一九・四）

「啊喲！寶貝兒呀！」

——談華人的「滿街認親戚」風

「啊喲！寶貝兒呀，別亂跑，小心磕破了頭呀！」

說這話的是我的朋友，她是山東人，一口京片子，字正腔圓。

方其時也，她正帶著我逛濟南的趵突泉，五月天，風和日麗，池水清澈似琉璃，遊人如織。但遊人中，天經地義，不免有些小遊人，而這些小遊人又不免東奔西竄，速度之快，有如遭野狼追捕的亡命小狐狸。

當時，那個胡奔亂竄的「小寶貝兒」，乍聞我朋友的喝止，果然乖乖聽話，把速度減緩了下來。同樣的戲碼，在當天下午一小時的遊園過程中，上演了四次，每次都多多少少發揮了一些告誡和嚇阻的功能。

「寶貝兒」（這三個字，只念成兩個音）是長輩——媽媽或祖母，當然也包括姑姑、阿姨之類的親戚——一般是女性長輩用來叫小孩子的。雖然並沒有明文規定男性長輩不准叫小孩子「寶貝兒」，但畢竟這麼叫的人比較少。不過，男人卻常叫女人為「寶貝兒」，叫小三尤其愛用此詞，好像跟英文 baby 差不多，不過，女人叫男朋友「寶貝兒」就很少見了。

這又讓我想起一件有趣的事，中國人（或有人習慣稱「華人」）頗有「滿街認親戚」的雅好。以我自己為例，如果我行走在美國大街上，如果我走著走著不小心掉了一包巧克力豆，後面必有好心人追趕上來，叫住我，遞給我那包巧克力，並且說：

「馬當（女士），這是你掉的巧克力！」

這事如果發生在濟南市的大街上，後面追上來的人其用詞可能就大不相同了。那要看我當日的穿著打扮顯得年輕或年老，也要看跟我說話那人自己的年紀。

如果他是小孩，他會說：

「奶奶，奶奶，你的巧克力掉了！」

如果他是青年人，他可能說：

「阿姨呀！你的巧克力掉了！」

當然，他也許用「這位大媽」代替「阿姨」。

中年的人，或者比中年更老的人，有時會叫「姐姐」。

唉，唉，我怎麼跟滿街的人都認上親戚了？中國人為什麼可以把滿街的人都喊成親戚？實在有點令人費解——

但，不管我解或不解，文化就是文化，你可以欣賞，也可以覺得它古怪，但它就是在那裡，你撼動不了它，像泰山之矗立或岷江之長流。

所以，我看，我還是選擇欣賞它吧！

四海合一家，五湖皆兄弟，這也是某種世界大同的烏托邦思想——只是，凡烏托邦之美言，都不免有些「言美必誑，禮多必詐」的意味。

不過，人生在世，也犯不著對有禮貌或說好聽話的人動輒起疑吧？要知道，多疑，本身就是人格上致命的缺陷呢！

其實，就連耶穌也說過：

「凡遵行天父旨意的人，就是我的弟兄姐妹和母親了。」

耶穌的話比較合理，因為有選擇性，不是人人皆得為我之親戚，而是「只限那些循天道守天矩」的人。

那麼，言不由衷、順口叫人「大叔」就不好嗎？未必吧，樂觀點想，說不定叫著叫著，就把自己一顆冷硬無情的心給叫得軟化了，真的視那嘴歪眼斜的傢伙是我父親許久以來失聯的兄弟，值得我尊稱他一聲「大叔」。

哎呀，你可能會說：

「你也忒言重了，不過順口找個稱謂叫叫人，哪就真變親戚了？」

我則不以為然，大部分的正常父母，在孩子小時都會塞給他「說話要誠實」的基本道德觀念（就算是黑道人物，「謊言」也只能對外人說，對幫內兄弟或頭子撒了謊，是大可以就地正法的）。如果我們以十二歲為一個分水嶺，從這個年齡之後，一般小孩應該已懂得是非善惡，知道謊言是不該說、不可說的——但事實上真的從此就「一生不打一句誑語」的人，恐怕是人類中的極少數吧？我相信不會超過百分之一。

儘管撒個小謊會讓生活方便很多，儘管撒謊在華人社會中隨隨便便就可獲得諒解，但我仍然認為能作一個「心」與「語言」一致的人，才是個誠信君子。

所以，滿街認親戚的事不是不可做，但說話至少該有點真心，否則，就是胡扯淡了。當我說「這位阿姨」或「這位大嫂」的時候，心裡多少要懷著「此人是我母親的姐妹」，或此人是我「大哥所愛所娶的女人」，心裡要湧出家人般的親切。

如果不能在叫「這位大爺，請讓個路」時稍懷親情，反而在說這句話的背後，只為把那句「你這死老頭，還不快給我閃開」美化一下，如果說「哎喲！寶貝兒，別跑，小心磕了頭！」只是因為不便說「死小孩，你這沒人管的，你媽死到哪裡去了？」，則這些親切的稱謂，就失去意義了！

前人發明的這種「滿街認親戚」法，我們學著珍惜並學著善用它吧！想到自己走在大街上，竟也會左有「大佬」（大哥）可恃，右有「姐姐」可依，前有「寶貝兒」讓我愛憐，後有「奶奶」讓我恤老，真也是令老外驚訝的幸福人生呢！

（二〇一九・七）

我和腰果之間的照面

人活世上，難免要和天地萬物打個照面，不管是日月星辰、地水風火或草木蟲魚。

小時候沒見過腰果，似乎是十三歲的時候，跟著父母去赴酒宴時才第一次吃到。它和蝦仁一起炒，外加青椒、紅椒，整盤菜因為有大紅、粉紅和白、綠交錯而顯得色彩熱鬧喧囂。腰果側身其間，像一隻硬脆的、素淨的、乳白色的彎蝦，咀嚼起來頗有餘韻。父親說：「這個，叫腰果，因為長得像腰子，腰子，就是腎臟的意思。」父親的話簡明扼要，那是他說話的風格。憑十三歲小孩的常識，我猜，它是一種比花生米貴、比蝦仁便宜的貨品，但我舀取此菜的時候，卻不免希望自己運氣好，舀進來匙中的是蝦仁。

後來，在餐館中，就常遇見這道菜。至於直接當乾果吃，那是上世紀六十年代以後的事了。而它們當時似乎都從美國來，由移民的親友帶回台灣作禮物餽贈。不過，常見到的不是純腰果，是七八樣乾果的混合罐。

一直活到七十歲，某天，因緣際會，有一隊緬甸歸國華僑來訪，緬甸華僑人數其實不少，許地山年輕時也曾在那裡住過，並進行他的佛學研究。奇怪的是幾十年來的政治路線詭異，「那邊」和台灣好像「不能通」。一九八一年我曾去泰北美斯樂一帶做難民服務，隊中有位商學院的教授，愣愣的（其實他人很聰明），有一天中午，他在一個名叫美塞（註）的小鎮散步，看見有座橋，很多人都悠悠閒閒地走了上去，對面那地方名叫「大其力」，他覺得走過去看看應該感覺不錯。不料走到橋尾忽然冒出幾個荷槍士兵，將他逮捕，要他交證件。他弄糊塗了，河上有橋，人人都走，為什麼偏我不能走？既不准走，我回頭就是了。嘿，回頭也不准，因為你是台灣護照，你腳已踩到這裡，你已非法入境緬甸，回不了頭了！當然，後來另有朋友用奇怪的方法把此人救了回來，代價是四瓶洋酒。

跟緬甸關係如此不堪，如今竟有僑胞團來台北拜訪，真是令人驚喜。座談一番後，他們拿出小禮物，送每人一盒，說是腰果，是緬甸土產，我欣然帶回家。

等到禮拜天，我有點空閒，把它打開一看，卻忍不住大叫起來：

「天哪！這是什麼腰果呀？怎麼黑不溜丟的？」

我所知道的腰果都是白白胖胖的乖小孩，而眼前的這些「異種」，隔著透明塑膠袋看起來，像是在泥淖裡剛打過滾的壞壞野孩子。

怎麼回事呢？我剪開塑膠袋拿出這怪玩意兒一看，不禁失笑，它是真真實實的腰果，只是多了一層皮膜。是我自己太笨，竟然沒想到一向脫得光溜溜的乾果，原本是另有皮膜的。乾果多有皮膜，這原是常理，花生米有，杏仁有，開心果有，核桃有，榛子有，栗子有，白果有……。

這樣看來，我自幼吃過的腰果，都是人家替我剝好的，剝成了那麼肥肥白白的腰果。我搓了皮，它立刻恢復了清白的身分。我慚愧萬分，吃了一世的腰果，竟不知它的本來面目，真是「都市人之恥」。說「恥」有點言重了，但至少很令人赧顏。

後來，有一次在香港街頭，見人用大鐵鍋現炒帶膜腰果，立即趁熱去買了一包來連膜吃下。據小販說，皮膜很補，反正什麼食物據老廣的說法，皆各有所補，我也就姑且信其有。

後來，有機會去中南美洲一行，看過腰果更外層的包莢，以及整棵樹，至此，才算把腰果大致認識了，或說，打了個照面。

認識了又怎麼樣？其實並沒怎麼樣，我跟腰果間一切如常，仍然是——「我吃腰果」。

可是，我覺得，懂得腰果以後，再吃腰果，好像別有一番心情，甚至好像可以跟它對話了：

「親愛的腰果，謝謝你曾給我這一生一世的咀嚼的喜悅，以及營養，我無以為報，只有謝天。一切的乾果都令人身心怡豫，但願我沒有辜負你提供給我的大好能量——唉，從來，有人類跟你說過話嗎？我話雖說得怪肉麻的，但卻是真心的。」

註：「美塞」是新譯地名，原作「媄姉」，字典無此二字，為潮州語，讀作・ㄇㄟ ㄙㄞˊ，近泰語音。後因赴泰的雲南人日漸增多，不識此字，故改譯為「美塞」。

（二〇一九・十一）

湖畔樹影中——有個門診

每半年，我會去榮民總醫院一次，為的是照規定日期洗牙，我算是個很聽話的老乖孩子。去洗牙直接走第二門診就行，我卻偏偏喜歡繞點路，去走「湖畔門診」，原因是「湖畔」這名字好聽。

說起湖畔，這真有點難能可貴，一所醫院裡竟有一片湖，湖雖不大，倒也曲曲折折，有二千平方米。湖之畔有石有柳，湖之中則有花有鵝，對前來就診的「顧客」（有疾患的顧客叫「病人」，但來醫院的不都有病，近年來流行叫「顧客」）倒不失為一種無言的安慰。

在這個世界上大小醫院不計其數，但像榮民總醫院如此占地廣袤達三十公頃的醫院卻十分罕見。現代的醫院如果想把自己做大，唯一的方法就是平地起高樓，而沒辦法廣置平面土地。道理很簡單，凡有辦法蓋大型醫院的城市或國家，必然是富裕之處——富裕地方的地價必高，以致寸土難求。至於那些空地很多故而土地極價廉的窮地方當然也有，可是，誰又會去那裡蓋醫院呢？

那麼，身在大都市裡卻又占地極大的醫院如榮總，卻又是怎麼回事呢？說來話長，那是一九五七到一九五八年就興建的。六十年前，那時台北的土地還不是天價。而且，去徵收這塊土地的單位是官方——比一般官方更官方——他們是軍方，所以一切算是順利。當時因為還是市郊地，每坪只要二十元台幣，也就是說每平方米大約五元台幣，加上有美援支持，所以成就了它的「大」，後來又陸續買地擴充，成了現在的「極大」。軍方幹麼要去蓋一座超大型的一流醫院呢？我想，那裡面有一段隱隱難言的悲情，我姑且試著解讀如下：

一九四九年，中華民國政府帶了六十萬大軍抵台。當年那些士兵，多半只是二十上下的小伙子，多年下來，他們不再是勇壯的青年，再過幾年他們的身體想必會更疲弱，更衰老，他們一生獻給一場奇怪的戰役，因而失去父母、兄弟，或妻子、兒女，除了當兵，他們一無所長。等他們五十、六十、七十、八十貧病交加之際，誰來治療他們呢？誰來照顧他們無辜的血肉之軀呢？好吧！下狠心，蓋它一棟醫院吧！痌瘝在抱，既然他們一生都為捍衛這塊土地而卑微地活著。那麼，在老死之前，讓他們享受優質的、有尊嚴的醫療吧！這是對老年戰士最後的一分溫柔和回報吧！作政府跟作人是一個道理，怎能沒有良心呢？

榮民總醫院便在這個前提下建立了，而所謂榮民，指的是「榮譽國民」，「榮譽國民」聽來好聽，事實上他們卻是退了役的沒錢沒勢的老兵。一般俗人很難尊敬窮苦人，窮苦人必須有智慧找到自我肯定的管道。

又過了些年，國軍公墓也安置好了，在台北五指山，將軍也罷，小兵也罷，兄弟袍澤，長枕大被，共臥於一山蒼翠中。大家終於都回到「故鄉」了，泥土才是一切生物的最後依歸吧！而這榮總，這土地闊大、花木扶疏、病房明亮舒適、服務親切殷勤的榮總，其背後卻潛藏著一段傷感的故事啊！

政府遷台七十年後，榮民逐漸凋零，這件事，許多年前已有人發現，於是大家同意，這間醫院，以後也可以開放給一般人看病，這就是我作為平民，也可去洗牙的原因。我喜歡去榮總，其實另外還有個理由，曾經有三十年之久，我在陽明大學教書（不是教醫學，是教國文，台灣的大學，是要求學生上大學後仍要讀國文的。這個制度，近年遭教育當局部破壞），而陽明大學是以榮民總醫院為教學醫院的，我如今走在醫院長廊上，常會碰到白袍醫生停下來說：

「老師好，老師來看病嗎？老師哪裡不舒服？」

我一面辯稱粗安，一面心中無限得意。得意到竟自以為這家醫院是我開的呢！否則怎麼連院長也來跟我鞠躬？

醫院雖是好醫院，但全醫院最動人的座標景點，我認為仍是那波面上架設著九曲欄橋的小湖。它當然比不上太湖、西湖或加拿大的聖露意絲湖，但能讓大江南北的老兵憑藉其波光樹影聊以聯想起昔日的故里、家門前的池塘，以及故里中的故人，也就有其意義了。

由於病人人數不斷增加，醫院在十幾棟建築之外，又加蓋了一棟新樓，此樓本來可以順理成章，叫它「第四門診」，但不知哪位秉性浪漫的醫生竟比照梭羅《湖濱散記》給它取名為「湖畔診所」（唉，說不定那醫生是我昔日的高足呢！），每次赴榮總，停好了車，登上棟與棟之間的空中迴廊，從高高的廊橋上透過香樟樹細細密密的碧玉小葉子，俯看那輕撥清波的鵝群，七十年來的愛和憾一時都漸漸淡去，一切世事此刻皆如陽光下和微風裡的水中倒影，其「實」其「幻」，其「悲」其「喜」，皆令人恍神而不知定奪。

（二〇一九．十二）

「咦？好清涼的一陣風啊！」

盛夏，溽暑，六月的一個下午，台北悶熱鬱燠到令人對生命都幾乎要想不開的程度。那是去年的事了——哦，不對，我記錯了，時間過得太快，這早已是前年的事了。

其實，這也不怪我，台北哪年不熱？把我都熱昏了。而我，又慣於用血肉之軀去抗熱，受苦的經驗幾乎年年一模一樣，我給弄糊塗了，似乎頗可原諒。

至於口裡空說「環保」，卻在官邸裡用公家出的電費，把冷氣開到十足，以致必須穿毛衣的那位傢伙，唉，不提也罷。

在台灣，管它什麼大暑、小暑，照我看，夏季裡大約總有八十天左右走在大街上是可以熱得死人的——至少是「中暑」。好在我老了，絕大部分時間都活在自家屋頂下。而且，我八年前因一時天縱英明，去台東原住民那裡剪了一截賤生賤長的山葡萄，插枝後順利地布下一架清蔭。我又利用吃剩的橘子或酪梨的種子，種了九十幾盆盆栽，算是用「綠衛兵」把自己保護住了。否則住在頂樓又大門朝西的我，說不定一命難保。

有人建議抗暑用冷飲，我倒不反對，而且我家花圃裡有自結的吃不完的香水檸檬，但畢竟是個麻煩事。所以，大部分的時候我寧可選擇用閱讀來抗暑。而且，也許是偏見，我覺得讀散文的消暑效果最好，其次是舊詩。

這天下午——就是我以為是去年，而其實已是前年的那個下午，我照例選了一本心愛的散文集，把涼蓆在大椅上鋪好，把自己的身體躺成腳上頭下的S形，然後就準備來閱讀了。

然後，奇怪的事發生了，迎面竟吹來一陣涼風——這種天氣，就算有風吹來，也應該是熱風才對。

「咦？」我不禁對自己說，「好清涼的一陣風啊！」

其實當時我並沒有喃喃自語，這句話，我只是在心裡說的，應該說，只是飛快轉過的一個念頭。

然後，更奇怪的事發生了，我立刻恬然睡去。一覺醒來，已經是兩小時後了。清涼猶在枕，我的躺椅對著前廊，抬眼望去，原來剛才下了一陣小雨，雨已收，橘葉上和腎蕨的蕨面上尚有水痕，我只有俯首致謝，向天。

整個事件中我認為最最不可思議的事情是，我記得那句話在我心中還沒盤旋完我就睡著了。事後，我拿出有秒針的時鐘出來做測量，這句話總共只有九個字，如果用正常廣播速度念一遍，大約是四秒，如果心中默念，大約是二到三秒，如果只是心中一念，其實只要一秒。而我那天連一個念頭都沒轉完就睡著了。推算起來，我應該是在一秒鐘之內就入睡了。等醒來，才乍然想起兩小時前還沒有對自己講完的那半句話。

在我七十七歲（截至前年）的生涯中，如果以每天一次計算（偶然，也會多一次午睡），應該已有三萬多次的睡眠經驗，但從來沒有一次我能那麼準確地說出自己入睡前那一剎時的狀況——所以，難免覺得這天下午的小事是極其可珍惜的一次奇遇。

而那場一剎短眠真正感動我的，還不是夏日午後偶雨的清涼與適意，而是，我恍惚覺得那過程像一幕死亡的隱喻——我非常喜歡這則隱喻。

當世界變得像牛魔王管轄下的火炎山，其中每一塊岩石都燙得令人觸手成傷。當整個社會鬱悶如疫情瀰漫的閉鎖之村……。當我年邁，某一日，在不知是真是幻的感覺中，施施然獨自漫步，直走到某一個陌生的兩山夾縫中的關隘，並且愕然見到前方一帶幽谷仄徑，芳草在乍起的涼風中搖偃，繁花香遠，直通渺不可知之處，那時，我能否欣然長嘆一聲，說：

「咦？哪裡吹來這麼清涼的一陣風啊？我所深愛的宇宙摯友啊，是祢嗎？我終於可以攜子之手，與爾偕行而去了嗎？」

（二〇二〇・八）

你最好不要只說——「小心啊！」

一行人，應邀去參訪旅行，那是好些年前的事了。那天早晨，走在山中，我和一對教授夫婦走得最慢，跟最前面的人距離大約五百米，走在中間的也領先我們二百米，好在領隊不時來張望一下，並且安慰說：

「不急，不急，用自己習慣的自然速度比較好，我們不趕路。」

我們走得慢，一方面是因為那時候年紀已屆中年腳力不夠好。二方面是處處為心臟著想，盡量小心別累著它。第三是因為我和那位女教授都是「好奇寶寶」，看到什麼會動的動物或不會動的植物礦物都要停下來詢問求證一番。

這趟行程本來是很愉快的，不花自己的錢，食宿雖不豪奢卻都乾淨合宜，照顧得也恰如其分。但麻煩的事發生了，我身旁這一對教授夫婦竟吵起架來。當時別的同伴離得遠，我只好擔任「不作第二人想」的勸架人。本來就落後別人很多，這一吵架，又落後得更多。山路雖只有一條「呆子路」（我的家鄉方言，指「沒有岔路的路」），但也頗迂迴曲折，落後太多則看不見前人，不免令人稍稍不安。

我跟兩人都熟，要作和事老，當然不便偏向誰（其實我心裡是偏那位妻子的），而他們也因跟我熟，居然吵得毫不避諱，我也不知是走路累了，還是心裡著急，一時焦頭爛額滿身大汗，又怕領隊回頭找我們，以為我們三人為什麼事衝突……

唉，他們為什麼而吵架呢？說來也只是一樁小事——但話說回來，世上哪對夫婦吵架不是為了芝麻小事呢？很少有丈夫和妻子為軍國大事吵架的吧？就連當今的伊莉莎白女王和菲利普親王也未見得為大事吵架（唉！如今的制度，軍國大事也輪不到他們二老來操心啦！）。

那天早晨，因為路窄，我們三個依次而行，那位男性走前面，他妻子走中間，我則殿後。我們中間大概各隔三米。那位女教授在路上撿了一截竹子，有時當撥棍去看看草叢裡的動植物，有時則拿它當拐杖，走一段不好走的路，有時甚至當指揮棒，指揮自己唱一段她心愛的歌。我很羨慕她的「隨行道具」，很想也撿一根來用用，可惜路上並沒有出現第二根竹棍。

不料走著走著，那位男士突然雙手亂揮，並且大叫一聲：

「小心呀！」

她的妻子嚇了一跳，隨即也跟著把竹棍舉在頭頂亂揮——然後，她就滑了一跤，一屁股坐在雨後潮濕的山徑上。

這時，她才發出一聲驚天動地的鬼哭神嚎的叫聲。她坐在地下，我一時無法跨過她從窄路上走過去，更不知發生了什麼大事？到底是什麼事「該小心而未小心」？

「我不是已經叫你小心了嗎？」

「見了鬼啦！你就不能用人類的語言說話嗎？這種節骨眼上，你還用抽象語言說什麼『小心』，神經病啊！」

「我怎麼神經病了，我提醒你小心也錯了嗎？你講不講理呀！」

「哼，你就是神經病，這種時候，你當然應該尖叫一聲『有蛇！』，你叫『小心』，又亂揮手，我怎麼知道要小心什麼？你明明知道我最怕蜘蛛，我以為你看到蜘蛛了，就用竹棍去撥蜘蛛，等發現根本不是頭上有蜘蛛，而是腳下有蛇，而且是極毒的青竹絲，嚇得我腿一軟就跌跤了，還好有根竹子，不然我跌斷大腿骨你就趁心了！也還好蛇嚇跑了，否則牠咬我一口，你就等著收屍吧！」

「跟你沒法說理！我是好心不得好報！」

「你心好不好我不知道，你的嘴皮說出的話卻不好。如果你的女兒交了個不好的男朋友，你也許也可以提醒她『小心這個男人』。但如果你看到有車子快撞到我，你就不可以叫『小心』，你要叫『車子要撞到你了』，看到失火，你要叫『火呀！』，看到有流氓要殺我，你就去踢掉他手上的刀子，叫『小心』有什麼用？誰知道要小心什麼呀？真是見了你的大頭鬼呀！」

我那天胡亂中不知所云地勸了幾句，後來此事當然也就不了了之。

後來，我想想，中國古代的聖賢（當然啦，「聖賢」這個行業的「從業人員」一向都是男性，其占有率超過百分之九十九點九九）好像也很愛勸人「慎之！慎之！」，唉，慎什麼呢？要說個清楚呀！男人好像就是沒辦法把日常的話說清楚。

我想起兒子三歲時，自己發明了一項遊戲，他搬凳子爬高，把身體趴到陽台的矮牆上，探出頭去，我們家住四樓，他當時身量矮小，但加上凳子，他就享有「俯瞰天下」之樂。我乍然看見，簡直嚇得魂飛魄散。當下把他抱下來帶到廚房，從冰箱拿出一顆蛋，放在瓦斯台邊，並且滾動它。這灶台的高度大約一米，我說：

「你看，這顆蛋，它這麼一滾，從高處掉下去，掉到地上，你猜會怎麼樣？」

說著，我就把蛋推下去，此刻，小兒居然自行了悟了牛頓的「地心吸力的天條」，說：

「它會打破破！」

（啊！正當此時，雞蛋果真應聲而破。）

「哼！」我說，「你亂爬陽台的牆，你如果一頭從四樓栽下去，你猜，你會怎麼樣？」

「我會打破破！」

「對了，你打破破，你就死了，這個世界上就沒有你了，我們家裡也就沒有你了，媽媽想抱你，也就沒得抱了！所以，你以後不可以再去陽台邊爬凳子看外面了，要看外面，我帶你下去看。」

「好。」

我用一顆雞蛋為教具，完成了小兒的「安全講習」。而且，窮慣的人是不忍心讓寶貴的雞蛋糟蹋掉的，我事先在地下放了鐵盤，那蛋後來又炒來吃了。

總之，你不能只對大人、小孩或經常不具頭腦的政府官員說：

「小心呀！」

你得說出為什麼要小心？不小心會如何？以及如何小心？你要「小心讓自己不要隨便只說『小心！』」。

對，你最好不要只說——「小心啊！」

（二〇二〇·九）

「米滋」、「哦柚」和「掂襪」

偶而拜讀時人的作品，讀的時候不免為別人所看到的美景、美人，或所吃的美食、喝的美酒、美茶而生羨。我多半當下心中悄悄地嘆一口氣：

「呀！」

接著，就沒了。接著，我就去做我該做的事。欣羨之情只有半秒鐘長，欣羨之心也只有半絲絲重。

對我來說，人生的諸好不必擁有太多。

我於是想起多年前全家第一次去日本旅遊的往事。去的重點是東京、京都、奈良。於是有好心的朋友來警告說：

「多帶錢！那裡什麼都貴！」

當時什麼什麼卡都尚未流行，那是四十年前。

好在我們有個朋友，此人不但熱心，而且他還有一掛有能力——不是指有錢有勢——的熱心朋友，於是他叫一位住在東京的朋友去幫我們訂住處。果然訂到一處又便宜又乾淨又交通便利且服務周到的雅舍。唯一的麻煩是女老闆不會英文，而我們又不會日文。

我當下立刻決定這麼好的地方還是住下來，並且火速跟這位朋友的朋友臨時惡補了三個日本單字：

「米滋」、「哦柚」和「掂穖」。

然後，便欣然住了下來。

那三個詞兒是什麼了不起的神咒呢？

原來是：

「冷水」（即一般溫度的水）、「熱水」和「電話」（「電話」本是外來語，翻得跟中文一樣，很好記）。

接下來的四天，我找旅館服務人員，無非是要冷水或熱水。

而他們找我們去櫃台接電話，無非是那位朋友的朋友不放心，打電話來問問需要。

如此這般，四天居住期間居然順順當當、相安無事地過完了。我們在彼此比賽鞠著深深的躬後，說著「莎喲娜拉」道別而去。「莎喲娜拉」是日文「再見」的意思，我初中時就會——

是在徐志摩的詩裡學會的，記得那詩形容一位日本美女，「最是那一低頭的溫柔……」。哎，哎，扯遠了，總之，那一次投宿的經驗十分美滿——，在雙方言語不通的狀況下，居然也能美滿。

唉，語言原是為了述說——而述說，則是為了需求。但，我們的需求很多嗎？也許吧！人類的心本來就是個多慾的無底洞，善於策劃各種稀奇古怪的享受和把戲。

而現實生活中，我忽然明白，冷水和熱水才是我的基本需求。

有位朋友去法國某名店吃鴨子，吃個鴨子也居然有大陣仗。事先要訂不說，吃的時候竟還有編號，他告訴你，你吃的是本店家多年來出售的編號多少多少號的鴨子。喔，喔，天哪，幹麼呀？我吃的如果是第三十萬七千八百二十一隻又如何？難道要把佛教說的「殺業昭彰」明白以示天下不成？人家不幸生而為鴨子，你有幸吃了牠，這就罷了，幹麼又吃又嚷嚷？

有人認為成年牛的牛肉太尋常，不夠柔美，所以指定只吃「胎兒牛的牛肉」。雖然都是殺生，但指定吃胎牛，為了尋求某種觸覺和味覺的享受，以致一屍兩命，畢竟有點過分。

弘一大師，中年著上袈裟——袈裟就只一件。要換洗時，只好掛起衣服懸在那兒，等它乾。他自己沒了行頭，只著內衣，坐在內室枯等。我想像那時的大師，覺得無限光華美好，哪裡是穿著動輒六位數的 PRADA 的人能懂得的呢？他也不吃什麼美食，他常以印光大師的食法勸人，印光大師吃飯吃得一粒不剩，然後舔乾淨，然後再用水沖一遍喝下……。人生所求不同，有如此者。

我的朋友王建煊出錢出力走遍天下去濟貧，他自家的飯菜竟不煮湯，湯，用開水沖沖菜盤子，不就有了嗎？

也許是我的偏見，我認為美味之產生有百分之五十來自飢餓，常帶三分飢的人，吃什麼都香。另外百分之五十則取決於口腔（也包括嗅覺）中諸覺的清澈靈明，好舌頭是嚐得出純水的清和甜的。此外如一瓣橘子、一顆溏心白煮蛋、一勺軟而勁的米飯、一條鮮翠的黃瓜、一片烤得微焦的麵餅或一隻雞翅，皆有其不可取代的至味，都可令人咀嚼再三並知足感恩。

想我當年，在東京街頭一棟小小的民宿中，靠著「米滋」、「哦柚」兩個詞（「掂襪」那個詞是她叫我時才說的），居然一家人也安度了四天，原來人生急需的東西真的並不多啊！

照莊子的說法，眾生也無非像小小的鳥兒在深林中作「一枝棲」，暫住一下，也就走了。「美」，當然是「好經驗」，但美食、美酒、美人、美物畢竟不是眾生的普遍福澤，碰上了，就領受一下天惠並無妨。碰不上，也沒什麼可憾的。因為一口淡淡的冷泉之水，亦自有其無限的悠長滋味啊！

（二〇二〇・十）

六個小時內不會有任何人來打擾你

因為胰臟上長了個小水泡，醫生命我去做進一步的檢查，他的說辭有點詭譎，像政客：

「不做，大概也沒有什麼大關係，因為泡很小。但是呢，當然還是做了比較好啦，我給你介紹的是權威醫生，你自己決定吧！」

我的性格喜歡明快解決，不熟的朋友多半誤以為我是「優雅緩慢」型的人，其實大大不然。

助理幫忙連繫安排的時候，卻被院方告知一件有點怪異的事，對方說：

「醫生說我們可以為張女士多做一項檢查，不知張女士同意不同意，這項檢查對身體無害，但要花很長的時間。這檢查如果自費很貴，要九萬元，但因它已納入一個研究計劃中，所以是免費的。」

我大概自小家貧，覺得九萬元怎麼可以隨便不要，何況是權威醫生勸我做的，又不是我自己貪心……

後來，就如約單刀赴會。再後來，報告出來了，一切尚不成其為問題。唯一要做的事情是我跟那個「泡」之間要「視若無睹」。哦，不對，我對它其實是「無視無睹」，我根本沒「見」過它，我見到的只是一張古怪模糊的影像。我只要小心別讓它來占據我的心思意念就沒事了——大不了過兩年，如果不放心，再來探視它一下。

不過，那天的檢查卻觸動了我的兩個「詩意聯想」。其一，是「此泡」很像某詩中的「某泡」，其二是電腦攝像不就是「影」嗎？這兩項加起來讓我想到蘇東坡的紅顏知己朝雲臨終時所念的〈六如偈〉：

一切有為法
如夢、幻、泡、影
如露亦如電
當作如是觀

我生的這個小毛病——「胰上泡」，我可以送它一個美名，叫「影中泡」。

這麼一說，這傢伙居然沾上一身的禪意和詩意了，連我都有點羨慕起它來，它竟不費吹灰之力就把自己跟《金剛經》中的萬象隱喻連上線了。

那天檢查另一件令我難忘的事就更好玩了，我對那天檢查的細節全忘了，卻記得護士小姐先幫我打了針，然後延我入室（那針的功能似乎是「顯影」，其實如果可能，我更想躍躍一試的是讓自己可以打個「隱影」的針）。那是一間小套房，大約二十八平方米，有空調，還有衛浴設備，她說：

「你在這裡等著，六小時以後才能照，你就待在這裡，沒有人會跑進來打擾你，這個房間在六小時內就是你的。這裡有床，你可以睡覺，有沙發，你可以坐著看書，有桌子，你可以寫點什麼……。沒電話，但你大概有手機，你要自己吃點什麼也可以，有事就叫我們，你可以鎖上門，沒有人會進來打擾你……。還有問題嗎？六小時以後我會來敲門。」

我連忙說沒問題。

天哪，我當時的心情竟是「萬分萬分驚喜」！我不知道那天我的驚喜有沒有溢於言表？我那時多麼想三呼萬歲呀！不知道我掩飾得好不好，如果那小姐看出來了，她不知會不會百思不解，幹麼那麼興奮？關你六小時，你有理由那麼欣喜若狂嗎？

她說完話就轉身走了，我鎖上門之後，立刻躺上床，床單的觸感清涼，我四仰八叉，先偷偷笑了好一會，不是哈哈大笑，而是無聲無息的喜悅的神祕微笑。

「天哪，怎麼會有這樣的好事呀？怎麼可能？怎麼可能？……」

這好事，在別人看來未必有多好，在我看來卻是萬金難求。

因為，此刻，我居然在寸土寸金的台北市擁有一間有床位、有櫃子、有桌子、有浴廁且不用付費的空間。而且對方保證我「絕不受打擾」。

我這輩子，好像從來沒有享受過「放心，這六個小時，沒有人會來打擾你」的優惠保證。

小時候，媽媽去買菜，會叮嚀一句：

「我去菜場，你小心看門，不要讓妹妹爬出娃娃車來！」

天哪！真是天降大任。

讀中學，搬到屏東，住的算是「豪級眷舍」，它原是日本時代的校官官舍。

（附帶說一句，當年四〇、五〇年代在台灣本省老居民口中都說「日本時代」，在文法上是「名詞」加「名詞」仍是「名詞」的簡單措詞。後來不知什麼時候，就分成兩派，兩派各加了動詞，有了動詞，事情就複雜了。其中一派是「日據時代」，另一派是「日治時代」，看作者說話的聲口，便知此人之政治立場是「親日派」還是「惡日派」了。讓我選，我寧可選小時慣聽大人說的「日本時代」。）

話說回來，日本當年對台灣這種殖民地，是不必派什麼太大的官爺來的，校官就算大官了。但在國民政府手上，這批房子就只分給將官了。房子有兩房兩廳，不算大也不算小，反正日本房子不怕小，它所有的地面都可以算作一張可翻可滾的大床。我們四個姐妹睡在兩張雙層床上（這間臥房的大小約二十二平方米），「孤單」二字對我而言一直是一件奢侈品。偶而家人晚上去吃宵夜（一碗餛飩或一碗擔擔麵），我總宣布放棄而自願看家（那年頭沒有自動鎖，屋內必須有人，才能拉起栓子來鎖，唉，可懷念的年代啊！），其實我並非不貪嘴，而是「太想獨據一棟房子，以及前院後院三百平方米的樹影」。可惜小吃店太近，而他們又總是吃得太快，半小時後，一大家子熙熙攘攘地又都跑回來了。

父母大去之後，這眷舍繳回歸公，產權由軍方變成市政府，目前命名為「永勝五號」，開放作閱覽及演講用，我偶而回去主持活動，只見屋裡人來人往，人頭比當年更多十倍，而我是「客人之一」，唉！

我真希望自己能守著一個大園子，加上一個孤伶伶的小窩，就像夏娃還沒出現以前亞當所擁有的。

百年前的英國女作家吳爾芙寫了部令人一讀三歎的《自己的房間》，可惜提到房子的時候，她的重點不免放到產權或繼承權，大概在英國文化中一般習慣都是採「長子單獨繼承制」，連次子都沒分，哪裡輪得到家裡那些小丫頭們啊！

我名下有房子，不是繼承來的，是我自己買的——但有產權不等於「獨據」，更不等於「不受打擾」。

家裡，如果有人跑來跟你說：

「你看到我的手機嗎？」

「沒有，你不會用『市話』去撥『手機』，然後聽音辨位嗎？」

「我不記得我的手機號碼。」

「你為什麼不記下來？」

「我幹麼要記？我又不用打電話給自己……」

「你去你書桌左邊書櫃上看，我吊了一張大硬卡紙，上面用大字寫了你的手機號碼……」

在學校，我有單間的研究室，但身為教授，你當然不能拒絕學生進出，不管敲門進來的學生是想問陶詩、或問明年要不要重考、或懷疑自己有乳癌……，你不能嫌煩，因為你是因他們而存在的。

作立法委員那年抽到了一間大辦公室，我自己用了靠窗的一間，其他四五個助理合用外頭大間，但我能「不受打擾」嗎？別說笑話了。

有房子，在高地價的都市其實已經有點難了，而能有一間「不受打擾的房間」則更萬難！我想到的唯一方法就是讓自己變成「夜行動物」，等疲倦把家人都「撂倒」的時候，我總算能重新拾掇一下自己。

而此刻，居然有個素昧平生的護士小姐說要提供給我一個既明亮又舒適的空間，保證讓我的生命裡有六小時的「真空權」。天哪，這件事真是好到不可置信！

後來，那六小時我做了什麼？其實什麼也沒做，看點書，打個盹，想想事情，跟自己對話一下，隨手寫幾行短句，然後再看書，再想事情，或想十六歲時在女子中學校園裡看到的垂垂茂發的阿勃勒花樹，或想遠方友人，或什麼都沒在想，或試試自己還能不能背上全首的〈春江花月夜〉，「春江潮水連海平，海上明月共潮生……」

這種好事，後來就再也沒碰上。問朋友，他們也說，奇怪，從來沒聽過有這種好事。

不過有一點要聲明，以上我說的，其實有點不公平，因為聽來好像全是人家來擾我——而我都沒擾過別人似的，這當然是不可能的！不過，我還是幻想，某一天某一刻，再次聽見有人對我說：

「這間房，從現在開始，就屬於你一個人，免費，六個小時內不會有任何人來打擾你——」

（二〇二一．九）

忽然，記起了某個久違的觸覺

人生中有些事，我以為我早忘了，其實不然……

前天，吃完晚飯，忙著收拾「家事」和「己事」，忙著忙著，一看鐘，竟然已是凌晨四點了。

我這人一向「公」「私」分明，如果我去擦窗台上的灰塵，那算「家事」，屬「公領域」。如果我去分類報紙資料或去查一句「宋詩」，那是「我自己的事」，算「私領域」。我不會誇大自己在家中多麼「勞苦功高」，但我自己知道，我至少負擔了百分之七十五的家事。

呀，但現在四點了，在台灣有一句話形容我們這種夜貓子，叫「早睡早起」，指的是凌晨二、三、四、五、六點睡下，十二點又起床了——所以是「早上才睡，早上又起來了」的意思。

接下來的二十四小時我並沒有約會，所以心裡也不慌，但麻煩的是，今天已是十二月一號，天氣真的很守規矩地乍然冷了，此刻尤其冷，我想要睡個好覺，恐怕有點難。當然啦，有個最方便的解決之道，只要拿起遙控器按兩下，臥房便會暖融似春……

但開冷氣或暖氣在我個人的倫理觀中屬於「犯罪行為」，如果我丈夫以「年老的身體不堪忍耐」為由而非開不可，我也不能強行制止（只能嘴裡咕哩咕啦念叨幾句）。但我自己是絕不去啟動冷暖氣的，不然，「口稱環保」就是騙人行為。

而此刻，我怎麼辦呢？

啊！有了！前兩週，因為有點「換季意識」，曾把放在高處的一床毯子拿了下來，此刻「被子上面再加張毯子」的方法，應該可行。我就這麼做了，等我鑽進被窩，立刻就感覺到這兩件東西實在滿可靠的，我可以安心睡了。

但，不對，才躺下半秒鐘，我忽然發現自己被強迫遣返，回到遙遠的七十五年前，那年冬天，我五歲，身在南京。呀，這是怎麼回事？不過加了一床毯子，怎麼會惹出這麼多舊感覺來？

此事說來話長，在南京之前，我住在重慶（重慶之前當然還有一長串地名），不知為什麼，南京卻是我第一次領教了「冷」的地方。小孩也許不十分討厭冷，因為可以堆雪人，可以烤火（其實升那盆炭火，目的不在圍爐取暖的浪漫，而是為了烤乾妹妹的尿片）。那段日子也許算「民國人」的「幸福歲月」吧，抗戰勝利了，內戰一時還沒燒過來，父親假日必帶我們出遊，雨花台、玄武湖、明孝陵、中山陵、棲霞山、燕子磯……，加上去吃種種小館子的美食。但，不知為什麼，我用今天的眼光回想起來，覺得，我們家是窮的。而，什麼叫窮？記得有次和詩人吳鈞堯聊起，他說，他小時候住金門，親戚朋友鄰居大家都窮，但奇怪的是大家都並不知道自己是窮人，因為有吃有穿有住，對於自家缺了什麼，他們也毫無所知。而且，也沒見過什麼富人，所以，沒有一個人知道自家是窮人，現在回頭看，才知道那時候真窮。

身為窮人而不自知，其實也頂幸福。

我現在回頭猜，大概因為家中不富有，所以冬天蓋的被子很奇怪，那棉被本身正常，但卻只有一床。小孩因為體溫高，大概也不覺什麼，而父母總是怕我著涼，燒炭爐嘛，又怕危險。他們想出的好辦法就是找件厚重的呢子大衣壓在我的棉被上，然後幫我把肩頭部分掖掖好。啊！我好懷念母親幫我掖被頭的觸感，掖被子的動作我後來在台灣養小孩時好像沒怎麼做過。母親的手雖然操勞，基本上到老都是一雙富貴小姐的柔白的纖手。而掖的方法是把被頭稍稍拉高，包過肩膀頭，反摺一下，並塞向身體和墊被中間，確保肩部不會受涼。啊！那輕妙的肌筋接觸，令我如今思之悵然。那年，整個冬天，我就被一層柔和而沉重的感覺壓著，整個世界因而妥貼穩當，我沉沉睡去。

壓在我被子上的是爸爸棕綠色的軍大衣，那是件真材實料的好大衣，爸爸叫它軍氅。後來，經廣西、廣東而來台，台灣冬天沒那麼冷，冬夜「臨睡前用大衣壓棉被的儀式」也就沒有了。還好沒有了，母親一共生了七個小孩，如果每人都要一件大衣來壓被子，那得多少件軍氅啊！

我說我認為那時代我們過的是窮日子，證據是，我們似乎不能每人多買一床輕暖的好棉被，對付寒夜居然要動用爸爸的「公物」。

有趣的是結婚後聽丈夫說，他小時候冬夜也是靠加各種棉襖、棉袍和大衣。原來那些年，在我們父母的預算裡，是沒錢買第二床棉被的。

可是有爸爸那件帥氣的白天穿去上班的軍氅覆在被子上，有媽媽的手來掖好肩頭，有沉沉的扎實的重量將我包覆，窮不窮，根本不在念中。

那種微微輕壓的觸感我以為我早忘了，因為現代絲棉被、羽絨被或羊毛被、電毯都輕柔溫暖，但今夜卻又乍然重拾跟「輕暖」截然不同的「重暖」。

我是到了高中，讀了杜詩「五陵裘馬自輕肥」才猛然悟出，豪門的暖是「輕暖」，例如貂皮大衣。我當然不是可以擁有貂皮大衣的人（在台灣，那玩意兒要去某處租個特別位置「寄放」，放在家裡則會生蟲）。但有次訪美，蒙陶鵬飛夫婦招待晚膳，美國的中國食物不怎麼樣，但我十分興奮，因為坐在陶夫人張閭瑛旁邊，看她把一件短褸掛在椅背上，淺棕色，發亮，只用眼看，就知道那是柔滑膩人且溫暖輕盈的好皮毛。想到她是張學良的長女，是東北人，這東西必是好貨，於是厚著臉皮問：

「這是什麼？」

「老東西了，老家帶出來的，英文叫mink……」

「可以讓我摸一下嗎？」

她說好。

那一剎那，我倒不是對名貴值錢的華服生羨，而是此物引發我對那遙遠的故國故土無限浪漫的想像，長白山、松花江、原始森林中據說有一群會拔腳逃跑的人參，江中則有其大如船的鰉魚……。唉！那些我不曾踏腳其上的遠方啊！而這小水貂，是百年前哪一座山上的華美生物？那時候，兩岸還不能自由旅行。

貂皮摸起來一如我所想像的輕暖柔滑——我想，這應是我這輩子所手觸的最貴重的且能引起萬千想像的衣服了。

唉！輕暖是多麼好的感覺啊！

但今夜，寒流乍來，竟讓我意外複習了讓重毯子壓身的觸覺，我以為我早已忘記的七十五年前的五歲時的觸覺了。如今父親走了二十五年，母親也走了十年，唯此刻我彷彿覺得他們又回來了，在南京古城落雪的冬夜，為一個小女孩掖一件軍用大氅，大氅微微有點重，剛剛好可以壓住人世的闃黑幽暗，壓住歲月倥傯的夢魘。

（二〇二二・一）

「我最喜歡的是莊子！」

——年輕時聽到的一句話

先說「年輕時」這三個字——這真是一個語意不清的模糊的詞眼啊！

從初次見面的讀者口中，我常聽到這樣的話：

「呀，你的書，我從年輕看到現在，我是一路看你的書長大的呀！」

我促狹，笑問對方說：

「你說的『年輕』，指的是幾歲呀？」

對方猝不及防，愣了一下，回答不一，有的說是十幾歲，有的則指二十、三十、乃至四十幾歲……。

我聽了一笑，說：

「那，我比你年輕哦，我的那些書，都是我讀幼稚園以前就寫的啦！」

哈！這當然是胡扯的笑話，但「人生苦短」，多講幾個笑話也算小功德一樁。事實上，我根本沒讀過幼稚園，我們那年頭不興這個——所以勉強說，我到現在都可算「還沒讀幼稚園之前」。

「年輕」二字本是「大白話」，照胡適、陳獨秀等那代五四諸君提倡白話文的想法，只要把文言變白話，就一切OK，萬事大吉，老百姓就都能看懂該懂的事了。哈！哈！其實未必，身為教授的我，教的又是中文，至今卻仍看不懂政府有關交稅的古怪法規文字。

「年輕」？什麼叫「年輕」？我無法因為它是白話文而立刻了然。

我要說的是，自從戰後，台灣的平均年齡足足翻了一倍有餘，因此有人把五十歲或六十歲當年輕，好像也說得過去——如果他對活上一百二十歲很有把握的話。

話說，我「年輕的時候」，唉，我指的是古代唐朝王維〈老將行〉詩中「少年十五二十時，步行奪得胡馬騎」的年齡。大部分的人童年都傻傻的，必須到十幾歲才算有了力氣且開了智慧。但王維說得有點模糊，「十五」跟「二十」，其實差很多呢！是中學生與大學生的差距！我於是用除法平均除一下，就算王維說的年輕是指十七歲半吧！

回想我十七歲半的時候，進了大學，六十多年前，那時的大學少，當年的錄取率大約跟如今的「不錄取率」相等。這所大學不算頂尖大學，但辦學態度嚴謹，教務處裡竟坐著幾位職員專司點名，以免有學生不乖乖出席。他們有時甚至一堂課來兩次，因為怕有人覺得安全了，便早退了（的確有這種學生）。對我這種絕非「天縱英明」的人而言，這學校是很夠稱為一所好學校了（二十年後，我被這所大學選為第一屆傑出校友）。

我要說的是屬於我年輕時候的一件事，那一年，我聽到一位同學講了一句話，那句話令我當時有點厭惡，但那厭惡卻讓我警惕了一輩子。

那時開學不久，學校不大，同學在陌生的試探中互相說些簡單的對話。有次不知誰說到了「諸子」，有位同學忽然昂聲說：

「我最喜歡的是莊子！」

我大吃一驚，十八歲，剛從聯考的網罟中脫身，「莊子」的文本並不選在中學教科書內，有關莊子的寓言她或許聽過一兩個，她憑什麼「最喜歡」莊子？要敢大聲說「最」，那，你得讀遍孔子、孟子、老子、韓非子、荀子、墨子……（諸子百家，還真是「族繁不及備載」）才能據此比較其高下，而後決定自己「最喜歡」的是莊子吧？

除非此人天賦異稟，或家學淵源（這兩種幸運都不常見），且我看她也不像。剩下來的推論便是，她在「膨風」自己，她在說些自己也不甚明白的話，她想讓別人誤以為她很有料，很有氣質。說自己喜歡孔子、孟子不免太遜太平凡了，說自己喜歡莊子似乎可以顯得高雅脫俗。

我當時便想，一個人說話如此不清不楚不實在，真可謂之為「奇怪」，此人應該是個「不可交」，或「不必交」的人。

後來慢慢觀察，證實她既沒有才華也不肯用功，連作業也找人代寫。（找誰？當然是傻傻的男生囉！）唉！

這位「老兄」——哦，不對，這位「老姐」——不久就用這種慣技又說了一句奇怪的話，她說：

「西方的哲學家，我比較欣賞羅素。」

這一次我算聽出門道來了，知道她這句話的來處是中學教科書，書中有一句模糊的論述，說，英國哲學家羅素很推崇中華文化。那句子既沒有解釋中華文化之可貴，也沒有說出羅素推重中華文化的哪一點？所以，教科書中的那句話我也無從佩服。唉，我想中華文化可貴就可貴，不可貴就不可貴，誰說羅素說了算。

老姐的「欣賞羅素論」也沒人回應，倒不是同學故意不理她，而是年紀輕輕的，大家對於羅素，除了知道這位羅素名叫羅素之外，一無所知。我後來才知道羅素所涉甚廣，光說其中「數學」一項的著述，就可以把我們這些中文系的小蘿蔔頭紛紛嚇到昏倒。至於羅素其他的邏輯理論就更不必提了——一九五八，那時沒有網路，甚至沒有百科全書，此位老姐是怎麼跟羅素相契的呀？

如果時光可以倒流六十四年，我很想對她說，若是你想要自矜自誇，如果你硬是想要把只有三分實力的自己抬成八分——可以，到陌生人那裡去耍這把戲，因為你跟對方的關係可能只是一生中的五分鐘。但對同學、同事或家人、朋友，你最好誠實，因為相處日久，遲早穿幫露餡。但其實，即使是陌生人，也請相信「誠實是最好的政策」。「才」華或「財」力，這兩個材，寧可被人誤以為少，不要讓人誤以為多，以免最後人家終於發現你是個「充殼子」的淺人。

啊，因為年輕時聽到一句「不好的話」——當然一般人也不致於會把它歸入「壞話」——但因為那句話在道德評價上的「不實在」有點令人厭惡，所以，從那一刻起，我便要求自己躲避這類在語言上為自己的庫存「報假帳」的犯意，當然，還包括語言背後的「自矜自捧心態」。如果我只有七分材，就不要裝成八分。七分材又怎麼啦？難道就不配活著嗎？如果有力氣、有餘裕，就把自己拚成七分半，乃至八分、九分。但如果只能守著七分，或者，因老因病竟而退成六分半了，那就六分半，只要真誠本分，我就不相信誰會瞧不起我。

年輕時候（十七歲半真的是很年輕）的一次自警自惕，讓我終生受用。

（二〇二二・四）

做小事

小時候，父母、老師好像都喜歡勉勵我們，他年長大了，要「做大事」，或是「做一番大事業」——記憶中似乎從來就沒有誰勉勵過我們要去「做小事」。

但，我這輩子好像都在「做小事」——而且，要命的是，我好像還挺愛做這些小事。

有個目盲的鄰居朋友，半夜兩點忽然打電話來。她一個人住，教鋼琴為生，跟一條老狗相依為命，我有時煮茶葉蛋會分送她幾個。她那天打電話來，泣不成聲：

「怎麼啦？怎麼啦？」

「我的狗狗……我的狗狗……剛才，走了……」

她一直哭，我一直聽，她的心情，我懂，她家不是死了老狗，而是死了「親人」，但一時也找不出什麼有意義的安慰之詞，只能胡亂說些「你不要難過了……」「牠也算安享天年了……」「我想牠臨走前，一定很希望看到你以後能快快樂樂地活著……」。這麼說著，唯一的功能也許只是讓她知道，我在傾聽，她不是在對空氣說話。後來，也許她說累了……

「對不起，三更半夜，我忍不住……也沒有別人可說……牠就這樣走了……打擾你了……對不起……晚安。」

深夜，聽人哭，聽人傷悼她的老狗，這事，夠小了吧？只是，我覺得很好，在這四百萬人的大城裡，她獨獨撥了我的電話，她容我分擔她巨大的疼痛、驚恐和哀傷，這件事——比有人找我當什麼「國策顧問」要榮耀多了。

我願意做這種「小事」。

在這個地球上，從不缺「做大事的人」或「痴狂於想做大事的人」。古往今來，歷史是由他們導演的，但絕大多數的人，應該說百分之九十九點九以上的人——像我——是個做小事的人。

這會兒剛好是歲暮，作華人不錯，每年過兩個情人節，過兩個歲暮，兩個新年。歲暮對生意人來說是「盤點」日，我於是也想到要來盤點一下。我的錢很少，用不著費神。我的孫女只有三個，白痴也會數。那麼，我且來清點一下全球人口（咦？說得好像我是「地球」的「球長」似的），特別是在疫情之後。但，說到清點人口，天哪，在古時候，這可是全盛時期的帝王才敢想的事。是件要報名上冊、動員並串聯全國人力，拚上一兩年才能做成的大事，而此刻，哈！只是「小事一樁」。我請助理幫忙，她五分鐘不到就查出來了，是七十九億多。我想想，七十九億是什麼意思呀？這數字太大，超乎我的想像力，我請她以「每秒鐘念一個人的名字的速度」去計算，要念完這七十九億之人的名字（其實，有些人名字太長，一秒鐘是念不完的），而這位「念名之人」每天工作八小時（這八小時內不吃、不喝、不上廁所、不抽菸、不打電話，週末或刮風下雨也照常執行任務），這樣下來，要多久才能念完這七十九億人口的名字呢？答案也立刻揭曉，整數是七百五十三年。啊！我現在有點明白七十九億這茫茫無邊的意義了。古人說「芸芸眾生」，但「芸芸」二字有點太美，讓人忘了它那草芥或沙礫一般的卑微性和庶眾性。

七十九億，說來絕大多數都是「卑微庶眾」吧？如果以五人左右為一家計算，大地上有近十六億個家庭，如果這十六億個家庭各有屋頂和窗戶（有屋頂的人是幸福的，難民就沒有）——唉！那得多少抹布來擦餐桌？多少鍋子來煮麥片粥或大米粥？多少碗盤要洗？多少床單要換？多少窗子要擦？多少小狗、小貓或牛、羊、豬、雞、鴨要餵？多少花木要澆水？多少稼穡需要去辛勤照顧？多少車要開出門（包括貨車、小客車、摩托車、腳踏車、嬰兒車）？多少小孩要陪他做功課？多少老人要送去看病或為之送終？……

這些都是「小事」，大部分的人，終其一生就做著這些小事吧？而所謂「成大功、立大業」的人，多半不是靠「殺人」就是靠「逼人」來過日子。成功而不害人的人也有啦，但不多，像比爾蓋茲或張忠謀，或者，遠古之前的孔子、孟子……

我還是喜歡作個「做小事的人」，但我又不免希望我做的是「好玩的小事」。什麼叫「好玩的小事」呢？茲舉數例如下：

有個同事，有點可愛，他成天嘮嘮叨叨，一進辦公室就向人報告他的婚事目前進行的節奏。後來又向大家詳述妻子懷孕、待產，並且終於生了長女……，我對他家的事不覺已瞭如指掌。不久，他的苦惱又來了，他的女兒命中缺水，他苦想一個有水的字（部分台灣居民常強調自己「不是中國人」，但在五行「金木水火土」的迷信上，卻比任何地區的華人更中國，像「陳水扁」就是個好例子）。這同事又堅持名字最後一個字已經決定了是「秀」，我於是叫他用「泠」，「泠泠七絃上」，「泠」比其他水部的字要詩意多了，「泠」字讀來高昂清揚，出於唐詩名句，跟「秀」字的沉實讀音可以相輔相配。他立刻同意，後來那孩子也很成材。

去滿足那些為小孩求名字的父母的期望，我覺得是人間的「優等小事」。

另有一家的兒子則缺火，有火的字多半不怎麼雅，他又說那火字部的字必須十二畫，我於是說：

「叫他『斐然』吧！你不要看『然』字下面四點水，其實它下面是個『火』字。『然』的聲音也很好聽呢！」

他大為佩服，便欣然採納。

還有個朋友住在介乎台北市中心和「新店景點」之間的「景美區」。那地方的街名像兄弟排行似的，常用「景○街」，他住的那一條叫景仁街，他喜獲麟兒，我便勸他直接以「景仁」為名。「景」字本身是個好字眼，代表光明、美好。在古代，是一個可以選來作皇帝年號的字。「仁」也是個好字，幾乎包含了整個儒家思想的精華。小孩取這名，有點像從小就當了這條街的「街長」，他後來在美國作了律師。

此處容我把話岔開，余光中教授曾跟我說，他教學生，還帶「售後服務」，那就是，常為學生證婚。而證完婚每每還有其「一貫作業」——為他們的新生兒取名字，啊！作「詩人的學生」真是賺到飽。

另外有個國樂團成立，他們有教會背景，想找個團名，我幫他們想了個「師曠」，師曠是春秋時代孟子、莊子都讚美的敏於音律的音樂家。而這名字，我私下想用「今解」（事實上也並無「古解」），將之詮釋為「師法曠野精神」。從宗教情懷來說，一切藝術雖也都有老師，但到了某個境界之後，便應該一空依傍，去站在無邊無際天風過耳絕無人煙的茫茫曠野中，像古先知摩西，去師法無限的自然和天機。

他們接受了這個名字。

另有個朋友，八〇年代得風氣之先，跑去中國大陸做生意。她做什麼我有點說不清楚，似乎是為一些特定的有錢有勢的貴婦代購時髦的歐洲名牌衣服，她們全然不怕價高，她因而賺了不少。賺多了，她偶而跑回台北來，開了個自己喜歡的小店，很豪氣地不管賺不賺錢。小店面，只賣她搜羅來的小陶器，她請我幫她取個店名，結果我幫她把中文連帶英文都一起想好了。中文叫「立陶宛」（扣住「賣陶」的特質），英文則因為店小，便叫「little one」，兩個發音十分相近且好記，她為之驚豔。

除了給人起名，給社團起名，給店鋪起名，我還給「活動」起名。

七〇年代，有位在台北植物園區工作的朋友告訴我一件事。

唉，且讓我暫停一下，說說這台北植物園，這園在日本時代就已存在，且規劃得不錯。日本人曾把台灣高山上的神木搜刮一空，去讓京都或東京等大城的神社前有傲人的撐天大柱聳立，反正台灣是殖民地，不搜刮白不搜刮。當然，為砍伐且運送那些巨大沉重的神木下山，可想而知死了不少原住民。這些樹讓日本許多神社挺風光，讀者如去日本旅遊，不妨在重要神社前停留一下，看看地上有小牌子說明這神木的原產地是台灣。

台灣高山珍木遭日本毒手，這是千年也恢復不了的（神木的平均年齡高於三千歲）。但日本人卻在台北市規劃了一座植物園，有點像奪了我的一億家產，卻丟下一塊錢來還我。

不過，走過喧囂的市區，我還是忍不住有點喜歡這座植物園，特別是那片荷花池。每年夏天我都會給自己訂一個「荷花節」，那天，我會去池畔坐坐，對著荷花發獃發癡。

可是國民政府來了以後，大概覺得植物園既然那麼大，不妨「廢物」利用，於是便蓋了很多機關塞進去，包括小型博物館、科學館、廣播電台、小劇場，雖都不是什麼「壞玩意兒」，但原來站在那裡的不會說話的植物只好乖乖去死。

而我的朋友告訴我，由於這些機關廢水排除不當，荷花死了很多，而且，青蛙也死了，等到夏夜，居然聽不到蛙鳴。天哪！這怎麼對得起小朋友，憑什麼剝奪他們童年的顏色和聲音？

最近他們解決了汙水問題，但青蛙一時也恢復不過來。

我輾轉找到一位日本學者，他當時正在中央研究院做台灣青蛙的研究。他聽我說及此事，答應給我三大鐵桶蝌蚪去放生，讓池塘的蛙量恢復。這放生可不是隨便可以去做的「好事」，必須事先弄清楚，以免蛙種不合，互相八字相剋，造成生態浩劫。好在此人是專家，可以信任。

於是，擇定吉日良辰，呼朋引伴，叫各家朋友「出小孩」，共襄盛舉。當天眾小將一一努力舀蝌蚪，往池塘中放，但我作為領軍，不免擔心，萬一有小孩把自己也跟蝌蚪一起「放下去了」，那可怎麼辦？

我給這活動取了個名字，叫「**預約一個有聲的夏夜**」，「預約」這個動詞當時只用在出版社待出新書的時候，「預約」會有很好的折扣，我把它轉換為對蛙鳴的期待。

當晚的電視和翌日的報紙都報導了這件事，都打出「**預約一個有聲的夏夜**」的名號。

後來，「預約○○」也就不斷有人套用。用就用吧，我最高興的是，那年夏天夜晚跑去植物園一聽，果真有一片聒耳的蛙鳴！

那三桶蝌蚪想來有的讓水鳥水鴨吃了，有的讓魚吃了，有的讓路過的飛鳥吃了，有的被池中水鱉水龜吃了，但無論如何，有一批活下來了。並且，鳴響整個長夏的每一個夜晚。

凡此種種，都是小事，我喜歡「忙活著」（北方土話，「活」讀輕聲）做這些拿不到半毛錢的小事。

小事萬歲！

原載於二〇二二年二月《香港作家》網絡版「名家名作」專欄

誰是難民？明天

(1)

「不要！我不要，我不要坐籮筐——」

我站在路旁大哭，聽來慘絕人寰。

當時等待一起出發的有好多家的人，每家小孩都已乖乖坐進了籮筐，只有我一個抵死不肯。

媽媽慌了，全隊人馬（都是軍眷）正等著出發，偏我一個小鬼不妥協。

(2)

這裡要停下來解釋一下，什麼叫「籮筐」。曾經，很多年來——也許是一、二千年了——

那是華人的「貨運工具」。其形制是一根扁擔，其長，大約合一人身高，兩頭各掛一個吊了繩子的籮筐。一個普通男人，讓他拎三十公斤的行李可能有點吃力。但如果把東西分別放在前後兩個籮筐裡，其中各放二十公斤，湊成四十公斤，卻還可以勝任——就算走長路也可以。肩膀是個好部位，善於承當。

這種鏡頭在我一九七〇到八〇年代赴港旅遊時依然常常見到。扁擔相同，但設計上籮筐換成了大孔網籃（每孔約九公分×九公分），網籃用粗繩編織，又輕又牢，撐開來極寬廣（大約是三英尺×四英尺半），不裝物的時候，握成一團竟不及排球大。當時的「表叔」們（香港人如此稱呼大陸人）離港返鄉的時候，幾乎「人人肩上皆一根扁擔，挑著前後兩網籃」，袋中之物滿到要「嗤」出來，真是奇觀。（嗤，ㄔ，姑且借用此字，其語音是ㄘ，指的是穿越界線，例如：「你澆水要小心，你水管的水嗤到我了。」但ㄘ好像沒字，只好順手借用。）

古來一扁擔加二竹筐，多半都是為運貨（如穀子）。但「表叔」負重挑擔卻是因為當時大陸民生工業不發達，「表叔」借探親之便辦貨，圖個轉手之利。

而我當年（大約是民國三十二年，一九四三年）大哭峻拒，是因為大人想把我們小孩當「貨品」，放在籮筐裡。雇挑夫挑著，一路便可以快點逃難到另外一個城市去，小孩自己是走不快的。

挑夫既挑前後兩擔，挑法有四種，一是前筐一小孩，加上後筐一小孩。二是前筐放家當，後筐也放家當。三是前筐一小孩，加上後筐一堆家當。四是反過來。用扁擔挑人難免搧乎搧乎，我覺得既不舒服又沒有安全感，太恐怖了，便大哭不從。

(3)

媽媽沒辦法（我害得別家人也不能順利出發），只好投降，為我叫了「滑竿」。滑竿的形制是用兩根長竹竿，一左一右，中間綁一隻竹椅子。抬滑竿需兩個挑夫，前面的人把兩竿各放左右肩，後面的人也一樣。

「一人扛前後兩筐」相對於「前後兩人合扛著一人」，價錢當然差很多，但因我哭得肝腸寸斷，母親也就隨了我。她心軟，想到這個才一歲半的小孩，只因日本人打來了，就得一站站逃難，自古以來，如此苦命的小孩也不多見——這一次，就讓她坐上像花轎似的比較平穩的滑竿吧！

(4)

我的「幼年逃難史」當然不是什麼「光榮的往事」，我自己也說不清那一段童年記憶。只記得五歲半時，當年已抗戰勝利，我們回到南京。故鄉的人從徐州鄉下到南京來看望我們，父親指著我說：

「別看她小，整個中國她跑了半個了！從前的人，一輩子也休想走那麼長的路。」

我當時聽著，彷彿也覺得很光榮似的。長大了才發現，這哪算什麼「幼年不平凡的盛事」，根本就是大人一路打敗仗，婦女小孩一路跟著逃命罷了。說得簡單直白一點，我從小就是個「逃難大王」。

在我為「籮筐」和「滑竿」大哭大鬧的時候，其實，有個小女孩沒哭，卻悄悄死了。她是我日後的親戚，她似乎還沒有名字，她和我同年，當時她是活活餓死的，在我所不知道的另一段逃難途中。她死了二十一年以後，我嫁了她的哥哥，對，她是我從未謀面的小姑。我忽然了悟，在逃難之際沒死掉的，不管吃了多大的苦，大概都算「命好」吧？

(5)

我生平，在八歲之前，有兩次大逃難。另一次是民國三十七年到三十八年（一九四八年至一九四九年），路徑是從南京、柳州、廣州到台灣。這一次不是「跑日本人」而是「跑中國人」。好在那是八歲以前的事，而我又並非什麼「小天才」，所以糊里糊塗，完全不懂得自己的童年到底耗損掉了些什麼？坐在火車裡，傻傻地，只覺得沿途山上的繽紛的杜鵑花真美，廣西的火車站上的叫賣的煲仔飯真好吃。一切事有母親頂著，我的責任只是作一個「乖乖讀書的小孩」。

⑹

然後，生命循著父母喜歡的路線走下去。讀書、就業、結婚、生子、買房子……

但我卻不斷聽到遠方的聲音。

譬如說，一九五〇年到一九五三年有南韓、北韓之戰。一九五八年，金門、廈門有八二三之戰。一九五五年到一九七五年有南越、北越之戰……

其中，金門的八二三之戰，當時的報紙報導得並不夠詳盡，所以沒太注意，多年後才知其慘烈的程度。而韓戰、越戰似乎反讓台灣獲利，因為有美軍參戰。奇怪的是美國兵一邊參戰一邊絕不忘休假，而他們經常選擇的渡假勝地是台灣，台灣於是高高興興發了一筆戰爭財（其中當然也包括色情業）。連軍需品也讓我們發了財，例如速食麵事業崛起……。南越敗給北越之後，又生出一件怪事，跟北越同一陣線很「哥兒們」的中共又跟北越自己人打了起來。我認識一位中國詩人，他在越南邊界上匍匐前進之際，越南人瞄準他，一槍打來，正當此時，有位衛士部下立刻衝過來跳臥到他背上，當然也就死在他背上，他把那弟兄馱著爬回來，自己滿身是熱熱的血，那位為他擋子彈的弟兄的血……

我聽他的故事，不覺淚下，人類到底在幹些什麼呀？

我另外認識一位女詩人，她是來自越南的僑生，在台大讀書，當她乍知南越戰敗的消息，家人生死難卜，心中煎熬不已，不料第二天起來，發現一夜之間，頭髮竟全白了。

越戰後，有些南越逃亡的難民（其中不少是華人），集成了「難民流」，然後又成了「難民營」，散住在泰國南北各城。他們忽然變成「慈善界的寵兒」，因他們家破人亡，令人深深同情，有錢沒錢的人都樂於救他們一把。

我有個很講義氣的韓姓朋友，到泰國去「服務」，服什麼務？他說了個故事，他說，「難民營裡有對情侶想結婚，他們是潮州人，潮州人結婚一定要準備一個豬頭，但難民是不准出營的。而我們每天進出都有汽車，我就去買了個豬頭，偷偷藏在後車廂帶了進去，管理難民營的老外哪懂這個豬頭的必要性？這對情侶看到我為他們偷渡進來的豬頭，高興得眼淚都掉下來，我的行為算非法，如果有人去告，我就完了，但大家都很有默契，不讓管理員知道。人家問我，去難民營做什麼？我就做這類事……」

然後，不斷有台灣朋友去巡走那一帶。回來都說，難民營的情形其實還算好，他們將來自會給送去世界其他地方安頓。或去美洲，或去澳洲……，都算「好下場」。但真正值得悲憫的是泰國北邊山區還有好些「難民村」，「村」不等於「營」，村是天長日久無法遷移的，他們的日子才叫不好過。

於是，我想，讓我去走一趟吧，那個難民村，在泰北山區，從民國三十八、三十九年到民國六十九年（一九四九、一九五〇年至一九八〇年），有三十年了，我去看看他們吧！那地方，其實也算我噩夢中的地方（說噩夢，其實因為母親當時事事瞞著我這八歲的小孩，所以我是沒有噩夢的。反而，事後多年知道真相，才嚇出遲來的「噩夢」）。

(7)

為什麼說噩夢呢？因為一九四九年我和母親加大姐加三位妹妹，六人一起抵台的時候，爸爸尚在大陸戰場。「怯逃」，對一位軍人而言是可恥的罪惡。他忠心耿耿隨著部隊，最後一路退到雲南昆明。他當時乘坐的是飛機，但那時代的飛機無法直飛台灣，需要中途停下來加油。那天黃昏時，駕駛在昆明把油加滿，準備翌晨一早飛台北。沒想到，半夜三更雲南省長盧漢「叛變」（對方用的動詞是「反正」或「起義」），父親一早在招待所起床，天地變色，對軍不費一兵一卒，已取得雲南。

好在雲南山多，父親決定自己隻身翻山越嶺，經越南，蹭回台灣，費時一年。那一年，我想的是升學，完全不知道自己很可能隨時會成為「沒爸爸的小孩」。

泰北山區那些同胞，其實應該也是當年翻山求生存的父親的「同命人」，我應該去探探他們。而且，應該不止去一次，第一次探路、交朋友，知道對方的需求，然後回台灣找人、找錢、捐些資源，再去第二次、第三次……。換句話說，第二次以後就應該不要空著手去。我和丈夫又怕把孩子留台灣他們會寂寞（雖然有祖父母在），便四人一起出發。不是去暑期渡假，而是去探望跟我們同文同種卻滯留在遠方的兄弟姐妹。

這種遠行，身體既疲倦（到山區的車和路都不好，舒服不敢求，別出事就萬幸），食宿也簡陋。及至看到身高不及槍桿的小男孩也要上戰場打北邊來侵的亂軍，更不免心酸。但那些仗也非打不可，因為地形上那些亂軍必須要先驅除掉這些「寄居人」，才能直搗曼谷奪權。我們的泰北國軍不願「被驅除」，也只好兵戎相見。何況泰政府算他們的「恩人」（其實泰政府懶得照顧他們），「恩人」有難，當然要幫他打亂軍。

泰國人起先當然並不喜歡這些翻山越嶺而來的大批華人久住不走，及至發現這些人可以拿來作「免費傭兵」，替他們打仗，而且是認真賣命地打，好讓泰國人維持住他們自己的體制，覺得也不錯。想通了，便終於也肯包容下這些難民的「暫時性長期居留」了。最近，台北的

「忠烈祠」也為在泰北戰爭中喪命的孤魂移靈，給了他們烈士的牌位。

到了美斯樂村寨，認識了雷雨田將軍。他看我們帶著孩子，很感動，他說他從未看過來自台灣的小孩。雷將軍其實不姓雷，姓張（他已去世，這機密也可以講了），我深為這位同宗自豪。記得我在二〇〇五年罹癌開刀，之後休息了兩年，心裡最想去再見一面的人就是身在泰北美斯樂村寨的雷將軍了。於是，我真的拄著兩根拐杖又去了，我知道那會是最後一次見他的面了，事情也果然如此。但我總算完成了一樁心願——那個從小在路旁哭著不肯坐進籮筐逃難的「自私小難民」，總算能為住在雲嵐霧嶺之上的難民村寨盡一把小小力氣。而且，也算是回頭穿越時空，去照顧了當年時時在山溪中靠水力漂浮前進，以節省逃亡力氣的四十五歲的父親吧！

(8)

看過八年前（二〇一五年）敘利亞偷渡的三歲小男孩，穿著光鮮的童衣，蹶著個小屁股趴在沙灘上的遺容，很令人心碎。那鏡頭，其實不是很像在沙灘上做日光浴而睡著的旅遊生活照片嗎？

今年春天，在希臘附近沉海的難民船事件也讓人扼腕頓足，是因為搭乘的難民太多使船超載嗎？希臘當局起先還拒絕打撈呢！不管撈上死的或活的，都是個麻煩。既是麻煩，當然還是少惹為妙。但其實，誰都可能變成難民啊！明天，或後天。

二十和二十一世紀，處處見難民，難民是政客文爭武鬥之餘的副產品。曾經身為「資深難民」的我，能拿出生命中的一小段時間為泰北難民村的同胞做點小事，其實是值得雀躍興奮的。《心繫》這本書，是老書新出，當年書寫時四十一歲的我，如今已翻倍為八十二歲，回顧往事，歷歷仍如昨，乃為讀者細述如上。

二〇二三・八・十三　凌晨三時

原載於宇宙光出版社《心繫》二〇二三新版序

輯二／我見她帶著作品前來

春暉閣裡

——訪蘇雪林教授

天濛濛亮了，是六點，也許是七點，反正不急。對九十二歲的蘇教授而言，教書教了整整五十年，不教書，也大約十四五年，但這樣的黎明時分照例仍會醒來。

後面是院子，前面也是，這宿舍一個人住是大了點。算來她大姐去世也十幾年了，這屋子目前幾乎是三分天下鼎足而立——人算三分之一屋主，書算三分之一，貓，是另外的三分之一主人。

陰曆年剛過，窗外的空氣微涼，她把一件幾年前朋友送的玄色絲棉襖穿上，頭上一頂毛絨帽子也是玄色的。這些年人瘦了，倒也好，輪廓反而凸顯出來。她在小窗外的樹影和光影中起了身。

下床時，她扶著一把「現代策杖」，「杖」是金屬管做的，縱橫交錯，連成一扇三面屏風，扶著走路，萬無一失。想想去年跌那一跤真是可怕。那是去年六月六日，中午時分，她去餵貓，在廚房正拌著魚和飯，忽然跌了一跤。這一跤，把支撐了她九十年的大腿骨折斷了。好在當時跌昏了，躺在地上人事不省。下午六時，做零工的佣婦進來，才發現事態嚴重，一把抱起她來，發現一條腿空蕩蕩地掛著，於是把她安頓在床上，急著轉身要去叫車，她不肯，反正也不覺得痛，她堅持說：

「不行的，今天星期六，拿不到公保單……」

第二天是星期天，仍然拿不到公保單，她是星期一才叫了救護車去看病的。醫生為她照了X光以後，把石膏直打到胸口，吊起點滴，她這才開始正正式式地作起病人來。這一躺就躺了五十天。

聽到的人不免驚駭，是儉省成性吧？居然跌斷大腿骨這種事也規規矩矩等上班時間拿到公保單才去看病（其實，在急診的情況下是可以先看病後補單的，但公保醫院的這項福利並不廣為人知）。好在沒出大問題，五十天以後她重新爬起來學走路。現在看到她的人恐怕很難了解這位九十出頭的儉樸老婦人，也即是五十年前，在抗戰期間，一口氣捐了五十幾兩黃金的奇女子。

這種三面式的「屏面拐杖」是曾虛白先生送的，此刻她一步步蹭出客廳來，離去年跌腿已經八個月了，現在她走起路來格外小心。貓仍然是要餵的，雖然牠們是跌跤事件的禍首。

在浴室裡，她洗了臉，這浴室十分老舊，其實整個屋子都舊了，成大有時好意要來修，她也好意婉謝了。年紀大了，不想改動太多，水泥地面看起來雖然粗陋，卻比鋪上瓷磚好。新式熱水器也怪可怕的，老舊的東西令人有安全感——何況要學校花錢，她覺得擔待不起，這一生從來就怕麻煩別人。

在清晨曉鏡中，她匆匆看了一下自己，白膩的皮膚有著細微的紋路，兩眼仍清清炯炯，鼻子孤直秀挺，嘴唇稍薄，卻也因而顯得堅毅犀利。作為一個七八十年前的叛逆女子，她從來並不流連鏡子——卻也有一次例外，算來是八十七年前的舊事了。那一年，她五歲，因為是端午節，大人給她縫了一件紫色棉綢衫子，把頭髮中分，梳了左右兩個小髻，插了幾朵絨花，臉上還抹了胭脂粉。她打扮停當，到客廳穿衣鏡前一照，竟捨不得走了。那紫色濃釅如酒，又縹緲似霞，她坐著呆看自己，彷彿入了蠱。

當時的那個小女孩不叫蘇雪林，雪林是後來的字，早年的她叫蘇梅，更小的時候叫蘇小梅，但八十七年前小女孩更小，當時叫「瑞奴」，住在浙江蘭谿縣的縣衙裡，她的祖父是當地的縣丞。所以起名叫瑞奴，是因為她是在瑞安縣的衙門裡生的。

幾年以後，是八九歲吧，她又去向大人要求穿那件難忘的紫衫。大人大約早已忘記那件衣服，待得從箱底翻出，卻無論如何塞不進長大後的身體了。那件紫衣是她童年時期小小的欣悅以及小小的惆悵。

回憶第一次迷上鏡中的自己，她覺得那絕非自戀，使她著迷傾倒的是那紫色的沉實紛郁，那可觸可嗅可以聲聞的絢麗。其實，想來自己九十二年的歲月也無非如此，她愛的不是自己，而是包圍著自己的那團色彩，是詩是畫，是傳統文人的文筆風采，是「比較神話」方面石破天驚的見解……

從老式的圓形菸聽子裡，她取一隻長壽，慢慢地享受。靠窗的沙發是她的老位子，佣人來了，佣人把大門打開，這門就這樣一直開到黃昏時才關上。門上貼著一張告示：

「郵友注意，如有掛號函件，請推門入內蓋章，水電收費，併請入內，謝謝，本公寓主人白。」

貼這張「告示」是因主人耳聾，其實倒也不是全聾，如果貼緊她的左耳，用尖細的嗓音說話，她倒是仍然聽得清楚的。

佣人把信箱裡的三份報紙交給她，她的早晨總是從菸和報紙一起開始：

「哎啊，好好的三張報紙，要變成六大張，看也看不完，我真是恨死了。」

她的聲音帶著皖南女子的剛促和江浙女子的愛嬌，「恨死了」這句話是她的口頭禪，例如：

「我愛吃點鹹的東西，可是這裡東西什麼都是甜的，有時叫人去買點泡菜，也是甜甜的，我真是恨死了！」

或者是：

「我的字寫得醜極了，一點手勁都沒有，我真是恨都恨死了！」

整個上午她都在看報，看到忿忿不平的地方難免要反應一下。看到選美風潮，她寫一篇〈選美何如獻艦〉。看到聚眾滋事，她寫一篇〈事急矣，大家起來〉。看到梁實秋先生的〈白貓王子〉，她也為自己的「平民貓」說幾句話，文章的題目倒也趣致，叫〈我家的痲貓酸丁〉。

菸抽完了，報紙還沒看完。今天早晨有份文學雜誌說要派人來採訪，她也無可無不可的，反正人是天天在家的，人家要來也是好意，總不好太拒絕吧？

說起客人，倒也好笑，摔完跤，養好病的那一陣子，不知怎的和那些護士小姐全成了朋友，她們三天兩頭地跑到家裡來探望她，免不了又要送點小禮物又要陪她聊天。

「哎啊！我真是怕死了！我叫她們不要來了，不要來了，我當不起。」

「怕死了」是她另一句愛說的口頭禪。

這一生，凡事歷歷分明，不肯輕易受恩，不想麻煩別人，太多的熱情於她每每是些負荷。

對著沙發就是餐桌，餐桌右側掛了一幅油畫，嫩綠色調。也許年代久了，油彩有些褪色，作畫的人是孫多慈教授，她是當年風華內斂的一個女畫家，可惜因癌去世。畫中人卻活著，幾十年一成不變地坐在南台灣翡翠似的綠氛裡，安詳的藤椅，素淨的白團扇，以及背後滿架的書。

「她把我畫得太年輕了，而且我那時候胖，她把我畫得整個瘦了一圈。我說，這怎麼可以，她說，沒關係，我們大家都要畫年輕一點瘦一點才好。」

不知是不是學院派的積習，她說話斷事都很客觀，連剖析自己也釐然分明，直逼真相。對著比自己年輕苗條的畫，她也要慎重其事地表明自己的慚愧。

說起畫來，她自己倒也是畫畫的。沙發左側，通往廚房的門框上方，掛著小橫幅的山水，便是她自己畫的。民國十年（一九二一）赴法國，便是去學畫畫，當時她已讀完安慶女子師範，又讀了兩年北平女子師範，差一年便畢業了，正愁不知還有沒有升學機會，卻恰好看到「中法學院」招生。當時自己法文一字不通，英文也有限，卻居然考取了。當時李石曾、吳稚暉等人似乎覺得送人去國外，喝點洋墨水、沾點洋氣，回來就能讓中國更現代化。更早的時候，李石曾先生辦過「勤工儉學」，那批人程度更不整齊，「中法學院」好得多了。

少年時害了一場大病，身體極壞，成天病兮兮的，自己想想，做「大學問」大約不成，巴黎是藝術之都，學畫總是好的，於是開始畫畫。但不多久，忽然傳來母親病危的消息，她束裝回國，見了母親最後一面，又被家裡安排結了婚，法國便不能再去了。

如果母親沒生病，如果一直在法國學畫，這一生又不知是如何的局面了？而目前，她算是個素人畫家吧？三五年才摸一次調色盤，七八年忽然生產出幾張產品，想來也可笑。倒反而是少年讀書時畫得多，那時難得有個知書達禮能詩能畫的女子，傳出去，來求畫的人不知多少，扇子和紙絹總排在那裡等著。大約在民國四五年吧，有一位鄉先輩放了安徽省省長，居然也透過「蘇小梅」的校長來求畫，當時少年聰明，立刻畫了一幅大立軸山水，還題了一首五絕：

久旱溪澗枯
山容盡凋敝
甘雨及時來
萬木迴春霽

當時省政府因而發了一張獎狀給學校，讚美他們辦學有成，奇怪的是獎狀裡還特別提出「蘇小梅」三個字。小小地方，不免全城側目。一時之間她在同學中如烏鴉群中出了鳳凰，有的同學每天早晨殷勤來為她梳頭，有的為她代織毛衣，有的為她留洗臉水，有的甚至幫她洗衣服，真的是一代天驕。而居然不曾因恃才傲物而自我膨脹、自我毀滅，她思想起來把功勞全歸給上天賜予的先天秉賦。原來幼小時她有些渾渾噩噩，受人欺負，遭人侵奪，都遲鈍地無所覺無所謂。俗話說小孩憨厚有福澤，大概就是指這一類不隨褒貶而起落的福澤吧！

煙氛漸漸淡了，小壺裡的茶正溫，茶壺用棉布裹著，有一種歲月馨香的情致。紗窗外有人正剝剝地敲擊窗格，她回頭一望，發覺約定好的人已經來了，雖然腿腳不便，她仍習慣地站起身來迎客，並且搶先走到餐桌旁的小櫥前，拿起一罐茶葉，又舉起熱水瓶來傾水泡茶。來人被老一輩的謙沖多禮嚇住了，覺得讓九十二歲的老人來服侍簡直是要折福折壽的，也連忙搶著端茶送水。說巧不巧，正當此際，又來了一位客人，這人是個義大利籍的神父，說一口中國話，她不好意思地跟先到的訪客道了歉，就跟神父蹭蹬到書房。原來這天是禮拜天，神父帶著聖體來跟她舉行個人彌撒。書房和客廳都是屋子朝前院的一側，光線比較好，從窗口望出去是滿架蘭花。

其實這棟房子裡每間房子都可以算是書房，都有書在。這間房子所以稱為書房，大概是因為裡面沒有床鋪的關係。書房牆上掛著一張炭筆素描，是畫家席德進十一年前的作品，因為是炭筆線條，不免顯得畫中人風霜而兼硬氣。初畫成的時候，她對這幅畫的反應跟對孫多慈那幅恰恰相反，她暗暗抱怨：「怎麼把我畫得那麼老？」不過說也奇怪，現實世界裡的人經過十一年晨昏，倒也長得跟畫中人愈來愈像了。

她漠然行過自己的畫像，跟神父對站在窗口。

信天主教，也許是留法生活的一個環節。說起來她信教的理由倒也單純，只因當時有位法國長輩，待她極好，那人一心要她信，她不信，那人便含悲忍淚，難過萬分，她過意不去，乾脆答應她信了。

「請看天主的羔羊，請看免除世罪者，蒙召來赴聖宴者，是有福的。」神父舉起聖體（以葡萄酒和餅代表）。

「主，我當不起祢到我心裡來，只要祢說一句話，我的靈魂就痊癒。」她對答。

領取了聖體，她睜開眼睛，書架上有聖母瑪利亞像，以及母親的小照。母親穿圓領大褂，頭上戴著人字式的女帽，完全是老式婦女的打扮。照片已經黃了，她去世已經六十多年了。但想起來作女兒的心仍有柔和的縴痛。

記得那時候為了爭取讀書權，幾乎連命都豁出去了，要不是母親助她，現在的「瑞奴」恐怕只是安徽太平鄉某一處的老奶奶吧？

母親的臉柔和謙遜看來和聖母幾乎沒有分別。

自己的一生其實未嘗不可寫成一部「中國婦女運動史」，當年家裡其實還算開明，哥哥弟弟讀書時，女孩子倒也請了個老幕友來教些《三字經》、《千字文》、《女四書》，後來還讀了半部《幼學瓊林》。家中長輩說：「認幾個字，也好記帳。」讀到後來大姐竟去讀《本草綱目》，因為出嫁後有點家庭醫藥常識總是好的。

她是老四，也是么女，從小習慣跟府衙裡的男孩子衝鋒廝殺，自製弓箭，射時也偶能中的。小時候大人並不以為意，沒料到這分剛烈及至長大竟使她變成一個跟大姐絕不相同的女子。七歲那年她就敢跟上課時只命她們死背卻不講解的老師抗議，她說：

「先生，教書是該『言』的，你不知道『教不言』是『師之惰』嗎？」

《三字經》上的「教不嚴，師之惰」被她解成「教不言，師之惰」。不料老師聽了勃然大怒，認定她是個叛徒。

這種家庭私塾漸漸不能滿足她的需求，到了十一二歲她愛上了詩，但男孩子書房裡的《詩韻合璧》她是撈不到手的，好在吉人天相，她在書架上另撿到半部殘缺的《詩韻合璧》，只剩下「上平」和「下平」，仄韻一概沒有。但這半卷書竟也在家裡造就了一位小小女詩人，連大哥的詩也要常來向她「不恥下問」。可惜那書沒有仄韻，她承認自己後來對仄韻一直不熟，好在詩用仄韻的比例比較少。

當時四叔是家裡的才子，出了個「種花」題目來考她，她雖常作大哥的「一字師」，替他出主張，自己卻一首也沒做過，經叔父一激，倒也即席吟出一首可愛的七絕：

林下荒雞喔喔啼
宵來風雨太淒其
荷鋤且種海棠去
蝴蝶隨人過小池

除了第一句的「啼」字出了韻，其他倒也斐然可觀。

民國二年（一九一三），家裡由上海搬回安慶，這個家進入民國之後，顯得有些不合節拍。祖父自認作了前清的官，對於革命造反當然是不認同的。叔叔輩卻又思想不同。由於二叔極力鼓吹，這一年，她和二叔的女兒一同進了教會學校，接受小淑女的教育。

教會學校當然有很多好處，例如教職員彬彬有禮令人如坐春風，例如學生多半活潑自信，但她敏感的心卻能感知那裡的孩子儼然是某種新貴族。在這學校的中國教職員也不免以諂媚洋人來提高自己的身分。及至一轉身，對於自己人又是一副嘴臉了。當時雖然也有老師很欣賞器重她，但她知道這樣下去，自己日日薰陶，終不免也要變成洋奴的。那年暑假她離開了這所教會女校。

接下去在家待了一年，因為聽說安慶省立女子師範恢復招生，她拚死要去報名，這一次因為沒有二叔撐腰，獨力奮戰苦不堪言。小小十幾歲的女孩竟在森林徘徊哭泣，打算投入深澗自殺。當時家裡由祖母掌權，說起話來有如西太后，她認為這麼大的女孩子不守閨訓跑去讀書是荒謬絕倫丟人現眼的事。作母親當年真是千難萬難，一方面是婆母無情的嚴命，一方面是么女男兒般的雄心大志，她實在弄不懂這小小的女子是中了什麼邪，為什麼她不肯像大姐一樣安分守命呢？讀書有什麼好？又沒有女狀元可當，又不能因為讀了書嫁到好婆家，女孩子讀書幹什麼呢？然而，她知道一件事，如果不送女兒去投考，她會死。作母親的竟橫了心，拚著忤逆婆婆的罪名，讓女兒去考試了。

作女兒的也沒有辜負母親，三年半之間，每個學期都捧著第一名回家。

但真沒有辜負嗎？她望著母親的照片，心中微微不平，母親一生吃盡苦楚，卻也沒有享到女兒的福，女兒日後的成就她竟不及見。她原來是鄉下人，身體極壯碩，對人又厚道，理該長壽才是，不料卻只活了五十四歲。她回想起來覺得是因為母親常常照顧兩位生癆病的嬸嬸，而且由於節省，常吃她們吃剩的東西，才染上癆病的。

母親啊！現在這房子叫春暉閣，是為了紀念你，你知道嗎？

義大利神父走了，她慢慢走出書房，回到客廳，甬道上也掛著照片，是一位斯文爾雅的民初人物，來客問這人是誰？她笑起來：

「是我六叔父，我頂佩服他了，所以掛在牆上——可是大家都以為是我先生，不過我先生的照片我也有。」

她從小盒子裡翻出一張父子合照，由於背面寫著「母親大人」四字，她於是解釋起來：

「不，他不是我親生的，是我先生過繼的兒子，是大伯子的。我先生死了以後，他們寄了照片來，本來是寄張大照片的，給海關扣了，我又請他們寄小張的來，這才收到了。這孩子倒是親熱，信裡總是母親母親的，我其實沒盡過一天母職，真是難為情得很……。我們是民國十四年（一九二五）結的婚，是家裡安排的，他是學工的，過了兩三年，實在處不來，就分開了。不，沒離婚，我們那個時代覺得離婚太難為情了。

「現在想想，我也害了他，害他一輩子過了孤單的日子，其實我如果是個舊式的太太，不嫌他脾氣古里古怪，只替他燒飯補衣，把他捧得像個王子，事情也就沒有什麼不好。他現在也死了有十幾年了，臨死前幾年他好像也良心發現了，他兒子信上說，有一次，家裡有人要找點舊毛線來拼著打衣服，在他箱子裡發現有條老圍巾，想拆來用，他不准。他說：『那是你二嬸的舊東西，你們不許拆，我留了做個紀念——我對她不起。』他叫張寶齡，字仲康，年齡同我一樣大。」

來客似懂非懂地想著六十年前的這一段姻緣，想不通那時代的女子要付多大的代價，才能爭到一點點別人認為她不該擁有的東西。

正說著話，外面又有人來了，這次是一對夫婦，還帶了一個梳長辮的女孩。那先生姓林，是前任教育局長，最近調去台北，家還在台南，每逢假日就回來，這次趁回家之便，特來探望蘇教授。

小女孩也許因為下午的陽光，兩頰紅紅的，聽說她剛參加了一個鋼琴比賽，得了獎。現在的女孩不用爭，就有那樣多機會，真令人羨慕。

「文化中心最近正辦馬雅文化特展，想來帶蘇教授去看看。」

「這麼好，我都沒準備，鞋子也沒擦。」她非常重視自己的儀容。

來客忙俯下身去在她來不及反抗時幫她把鞋擦了。難得外面陽光正好，她禁不得大家敦促，去加了件大衣準備出門。林先生見她腿不便，又跑去醫院借了輛輪椅推來，一行人浩浩蕩蕩去看馬雅文化展，開車的是位姓吳的記者。

從台北歷史博物館來的解說小姐推著輪椅，讓她看一個一個的紅土陶罐，或大件的雕塑。

「你從什麼時候開始研究神話的？」

她回答說很晚，在抗戰時期才開始的，聽來覺得她的「神話比較學」背後有一串有趣的哲學，亦即東方和西方，彼此可以同源，《楚辭》和域外神話可以互相說明。中國民間傳說可以和西亞資料彼此印證，她相信世界文化同出一本，中國是古文明的一支，在夏朝以前即遷來中國。

有些學生認出她來，前來索取一張簽名，她一一含笑答應。

那些瑪雅陶器似乎也在同意她的立論，古陶與古陶如此神似，正如神話與神話之間如此雷同，輪子在光滑的地面上緩緩滑動，她仔細看那每一筆幾千年前的手跡。

「小時候住在縣衙裡，有一個佣人叫啞子伯伯，」她回憶道，「其實，第一，她不是啞巴，她不過是有段時間因為生病，暫時失聲。第二，她不是男人，我們小孩喊她伯伯，是依照鄉俗表示尊敬親切之意，這一點她倒滿喜歡。啞子伯伯二十多歲守了寡，又沒兒子，於是帶了些乾糧，從安徽老家出發，一路走，走了十幾天，走到浙江蘭谿來投奔我祖父。祖母當時收留了她，沒想到她真能做事，白天忙裡忙外不說，到晚上她還能繼續幹她的絕活——搓麻索。她把麻皮泡了水，自己坐在矮凳上，露出大腿，利用大腿把麻皮搓開，她搓得又快又好，一天能搓幾斤供全家納鞋底也用不完，只好把多餘的麻索吊在梁上。每次她搓麻，我們總想去幫忙，這『幫忙』對啞子伯伯來說真是怕死了，因為愈幫愈忙，不但搓不出麻索，反而會糟蹋材料。祖母是個儉省成性的人，她自己閒不得，也看不得佣人閒著，當然，要是佣人浪費了材料，也是不得了的。啞子伯伯只好哀求這批『小小姐』，並且說：『別吵，別吵，我來「講古聽」。』『講古聽』大約就是『講故事給你們聽』的意思。啞子伯伯的房子極小，沒有窗，高處有一方透氣的地方，燈呢，也是一盞微弱的菜油燈放在桌上，地呢，就是黃土泥地，這屋子本是儲存雜物的地方，是一間殘陋不堪的房子。可是，奇怪，小小的女孩子，每人搬張小凳子坐在啞子伯伯面前，看她手裡不斷搓出又光又勻的麻索，嘴裡絮絮地說出綿長不絕的故事，我們都迷住了（這種地方，男孩子是不來的，男孩子要讀書，不作興來聽故事的）。我記得她講『野人家婆』，她講『螺螄新娘』，她講『七仙女』、『牛郎織女』、『狐狸精』、『馬頭娘』……。我們聽呆了，不肯走，有時一直聽到睡著了，這些，到後來，都影響到我的神話比較研究……」

看完馬雅文物，輪椅推出來，外面有噴水池，下午的陽光很好，水柱噴金濺玉，嘩然滿地。那天恰巧也展出民俗器物，有人在賣竹器，有人在抽陀螺，有人賣中國結，賣麻糬，賣蔥糖、花生糖、毛筆……。

「你，現在最想的事是什麼？」訪客問。

「我最羨慕少年了。」她大聲地說，「從前袁子才有一首詩說：

葛嶺花開二月天
遊人來往說神仙
老夫獨與遊人異
不羨神仙羨少年

「我也是，我頂羨慕少年了，像你們，多自由，想去哪裡就去哪裡。」

「如果讓你再少年一次，你會做什麼？」

「我以前也是一心向學向上的，可惜為了爭上學，不吃不喝，把學問的根本——身體弄壞了。要是身體不壞，我要多學幾種語文，把世界全跑它一遍。」

「你算不算五四人？」

「不算，我雖然也是民國八年到北平讀書的，但我到的時候已經是九月了，五四是五月發生的，我沒趕上。」

「近代人物裡你最佩服什麼人？最不齒什麼人？」

「最佩服胡適之先生，他真有容人之量，有一次他來武漢大學演講，被一個當主席的職業學生刻薄挖苦了一頓。胡先生走下台仍舊和那個學生有說有笑，渾然無事，真是君子。

「最瞧不起魯迅，他一生以罵人為職業以罵人為生命，到處罵人。身上揣著個小本子，上面開著黑名單，一天到晚想法子報復，後來弄到跟自家弟弟周作人也反目成仇了。

「胡適則有學問有見識，處處為國家為大體著想，娶了那樣脾氣大又不識字的太太，他也能相敬相守四十多年。」

「那個時代的文人你認為誰的文學成就最大？」

「聞一多最好，他中文底子好，新詩舊詩也都好，又愛國，可惜死得早。像胡適，學術方面雖然了不起，文學方面就不見得了，他的《嘗試集》寫新詩就沒寫好。沈從文，我對他不滿意，他底子淺，只拚命寫個不停。錢鍾書太聰明，太明哲保身，不敢說話。女作家，我當年是很佩服冰心的，但台灣女作家愈來愈多，現在的成就就愈來愈好……」

「想過寫回憶錄嗎？」

「唉，這事說起來容易做起來難啊！我最佩服的胡適之先生，成天勸人寫傳記，他自己也沒寫出來啊！只有一本《四十自述》，後來就沒有了。我勸他再寫，他說沒時間。我說分段寫嘛，十年一次，到五十歲，到六十歲，到七十歲，一段段寫，但是他還是沒有寫，也就這樣死了。想想寫傳記也是難，人生總有很多難以告人的話，寫了呢，不便，如果不寫，就也不真了——不真，作假，又有什麼意思？——你呢？你自己寫了沒有？」

她用了一句俏皮的反問。

「你所寫的書，你最喜歡哪一本？」

「也沒什麼，《天馬集》我覺得寫得比較用心一點。」

「其他早年的作品呢？」

「哎呀——有的寫些什麼，我自己也忘掉了！」

「你平生最得意的事是什麼？」

「是我換了個方法把《九歌．天問》講通了，是前人沒有講過的，我可以說有點得意——可是也有人因此罵我野狐禪，你沒聽過嗎？」

「你對『老年』有什麼心得？」

「老年倒也沒什麼，但普通老年人都有『老年沮喪症』，我也有。」

像承認一粒「青春痘」，她微笑著，坦然承認「老年沮喪症」。

小貓在草坪上嬉戲，院子裡還有一個老式的打水機，院子盡頭是紅磚牆，整條巷子安詳沉靜，一如它的名字——東寧。

「你晚上看不看電視？」她問訪客。

「不看。」

「那真好，看電視太浪費時間，可是不看電視晚上也很難打發。晚上要寫文章是不行的，寫了文章太興奮會失眠。唉，現在寫文章不曉得多慢，一篇文章寫好久。」

傭人又來準備晚餐了，順便也幫忙她洗澡。訪客起身告辭，並且收拾起錄音機。

「如果嫌寫文章麻煩，可不可以考慮用錄音機錄下資料讓別人來整理呢？」

「不行，不行，這種機器東西我用不來！」她連忙聲明。看到客人要走，她殷殷留客，「留下來吃晚餐，不麻煩的，多下一點麵就是了，你回去還不是要吃晚飯嗎？」

天微微有些涼了，來客披起毛衣離去，她一面走，一面慢慢反芻整個一天所聽來的故事。想這世間長壽的女子如何有其驚人的耐力，像美國的那位活到九十九歲，一人住在新墨西哥州沙漠裡的歐基芙，一生一世，用強烈的油彩畫那強烈的大地。有的人長壽，是由於身體好。有的人，是因為耐磨耐熬，也有人似乎是因為憨厚糊塗，忘了年齡。蘇教授的長壽，似乎是因為後兩項。

走出成大校區，華燈初上的古都熙來攘往全是人，舊曆年剛過，一派昇平氣象。訪客站在街頭遲疑了半晌，一時要從五十年、六十年、七十年乃至八九十年前的情節裡走出來，真是不容易。她想起那叫蘇小梅的女子，民國六年（一九一七）師範畢業，被學校留下來教附屬小學，每天上完課，她又強留學生一小時來教他們四書。學校地勢低窪，逢到雨季，宿舍泡在水裡，她架了條木板，像走橋似的，依舊來去自如。年輕人渴睡，每每睡到半夜，忽然發現被子冰涼，原來有一半被子掉進水裡，有時深夜改作業，抵不住那些濕霉，便買半擔石灰傾灑桌底，灑完照舊批文備課。訪客站在街頭，遙想七十一年前的舊事，如聆上古神話。

夜，漸漸沉澱下來，電視看完了，朱色大門早關妥，一屋子的往事浮懸不動，女主人飲下最後一口酒準備就寢，她說自己一向酒量不錯，一個冬天竟喝了七八瓶酒，有時是白蘭地、威士忌，有時是高粱或葡萄酒，飲罷血液微微焚昇，此刻最宜安枕睡去。

回頭往事似煙飛
一枕南窗午夢微

四面山迴依郭去
半溪花落送春歸
奇書有價都羅屋
野雀無機每入扉
更喜晚來明月好
最先清影到書幃

那是誰的詩？用來形容此刻的情境卻很切合啊（按：此詩為〈山居雜興〉四首之一，為蘇教授約十七歲時之舊作）。酒力漸漸上來，明月照書幃，她感覺自己像一株深谷中的長松，在向更高更清朗的地方長去，如同她十幾歲時初學作五古的那首〈澗松〉：

鬱鬱澗底松
枝幹拿蟠蛟
皴皮溜霜雪
黛色干雲霄

……

是啊，在生命的晚年，酒後的血脈如同春天的樹液，騰騰上升，老去的是皴皮，但遍干雲霄的卻仍是那豪筆的黛色啊！

原載於一九八八年十月《聯合文學》第四十八期

後記：

這篇文章中的「來客」（採訪人）即是我，我應馬森教授（時任《聯合文學》總編輯）之請，前去台南成功大學教授宿舍做此採訪。蘇教授後來活到一百零二歲（一八九七～一九九九），一百零一歲時還曾回故鄉安徽一趟，參加安徽大學七十週年校慶，陪她同去的是她的學生唐亦男教授。

而馬森教授亦於二〇二三年十二月三日於加拿大謝世，令人思之惘然。

她的第十八封信

那故事，發生在民國十二年（一九二三），那時候出生的人現在已經九十六了，那真是很久很久以前的事啦！

當時，有個風華正茂的二十三歲女子，名叫謝婉瑩（一九〇〇～一九九九）。她是個得天獨厚的女子。她原是福建長樂人（長樂和福州很近）。福建是和台灣十分有關係的地方，南方的城市普遍比較生活優裕，思想開明。她的父親是位前清的海軍軍官，所以，後來把家搬到另一座靠海的城市，即山東煙台，他在那裡作海軍學校校長。清朝的海軍是那時代最有出息、最有遠見的一批人（周樹人——即魯迅——和周作人兄弟，也一度就讀海事學校），他們都隱隱看見未來中國的海上霸權，那是古老中國從來沒有好好地、有計劃地去經營過的權利及權力。

這個聰明又幸運的女孩不單讀了書，還讀了大學，然後又出了國去留學，這，在那時候簡直是《天方夜譚》的神話。她到美國去讀了一所學校，而那所學校，也正是宋美齡讀的學校。

當時，就連美國女孩也很少有機會讀大學的！是留學生還不說，她還是個知名的女詩人、女作家，她寫了有點像印度泰戈爾那樣的小短詩，算是十分時髦且風行的呢！她的筆名叫冰心，她的詩集叫《繁星》、《春水》，唉，真是讓人不勝嚮往低迴的百年前的薰香歲月啊！

我自己讀初中時對冰心也十分著迷，她寫的大海和母親多麼讓人難忘，這裡且舉一例：

造物者
倘若在永久的生命中
只容有一次極樂的應許
我要至誠地求著
我在母親懷裡
母親在小舟裡
小舟在月明的大海裡

——《春水》

但我現在要說的卻是她的另一本集子，名叫《寄小讀者》，這是當年風靡大江南北的專欄。想想看，那時候哪有幾位女作家？連識字的女人都不多呢！而她從遙遠的異國寫信回來給故國土地上的小朋友，她當時的身分簡直像天上仙女吧！

文章是為小讀者寫的，但其實看的人，多半是大讀者。今天我想講的是她的第十八封信，那封信，是從日本神戶寄回國內的。

神戶、奈良，是日本的文化古都，當時的女性國人，大約百分之九十九點九九九都沒出過國，看到這年輕女詩人、女留學生寄自神戶的信，想必滿心歆羨啊！

可是，在這封信裡，她卻說了一件好玩的事：

話說冰心當年讀協和大學，原來是志在懸壺（是想作醫生，不是想作護士），不料她在學校跟當時的學生活動攪在一起。原本她只是幫忙文書工作，但那段日子剛好是「白話文」和「文言文」在纏鬥不清的時候。她一半是自己熱心，一半是朋友拉她央她，結果，她「熱心文學社團會務」過頭之餘，竟「捨醫」「就文」去了。

改行學文的冰心在民國十二年途經神戶，大家下船去逛逛玩玩，回船的時候卻留下了這麼一段小故事：

回來有人戲笑著說：「白話有什麼好處！我們同日本人言語不通，說英文有的人又不懂。寫字罷，問他們『哪裡最熱鬧？』他們瞠目莫知所答。問他們『何處最繁華？』卻都恍然大悟，便指點我們以熱鬧的去處，你看！」

我不覺笑了。

一九二三年八月二十日　神戶

——冰心《寄小讀者・通訊十八》

其實文白之爭始於民國六年，盛於民國八年，到冰心寫《寄小讀者》第十八封信時，是民國十二年，當時大勢已底定，文言敗陣，白話大勝。或者，說得更白一點，就是贊成白話文的文人都得了大位，身在文化廟堂。而冰心，也算勝部之人。

有趣的是，她在旅日經驗中忽然發現，在日本，說「此時此地的白話文」，人家聽來頗有困難。能寫古典素樸的文言，反而可以溝通。

古代中國人發音雖南腔北調，但科舉考試的時候，大家筆下寫出來的文章卻是一模一樣的。連日本人、韓國人也能看得懂我們寫出來的意思，漢字和中文曾是亞洲文化的共同平台

（不是經濟才有平台）。

所以說，你寫「我要怎麼走，才會走到秋葉原？」是不行的，你必須寫「欲往秋葉原，何由？」。你寫「這本（兒）書要多少錢呀？」也不行，你該寫「此冊售價若干？」。

這種尷尬，在民國三十四年，台灣從日本人手中回歸時也發生過。像小說家吳濁流，會寫舊詩，卻不會寫白話文，他的小說只好用日文寫，再翻成中文。

冰心當年的第十八封信，談的事對「小讀者」而言，也許有點太高深了，但挺有趣，特別是因為她自己在學校中也算是個為白話文搖旗吶喊過的熱心小將。

文言，聽來像「時間」累積的產物，但奇怪的是，它竟能跨越東西南北不同的「空間」，去完成奇妙而廣泛的庶民認同。

（二〇一九．六）

後記：

這篇文章曾於十年前在某語文刊物發表，最近重寫，有些刪削，有些補添，以紀念逝世二十週年的二十世紀中國第一代女詩人冰心。

典故・故事・張大千

「疥壁」。

這個詞，看著就令人覺得噁心。現在流行的說法是「壁癌」，令人聯想到潮濕、發霉、朽蝕、剝落……

可是，我卻很喜歡這個詞——喜歡的原因在於它是一個「典故」。不過，「典故」二字對現代人也不討喜，原因是一百年前「五四」那批留美、留日或留什麼的菁英分子都反典故——典故，從此好像就「汙名化」了。

不過，如果換個字眼：「故事」，好像又變得可喜了。尤其最近講「文創」，兩岸三地，就連賣張蔥油餅，也得掰出個故事來，沒故事，貨就銷不動啦！

其實，「典故」也就是「故事」嘛！

「疥壁」有什麼故事？有，話說一千二百年前，在唐朝，有個詩人兼民俗學家，名叫段成式，現代人不太知道他的名字，卻比較知道他朋友的名字，他的朋友是李商隱和溫庭筠，這三個傢伙在家中剛好都排行十六（別嚇到，古人採「大排行制」，也就是同輩堂兄弟都一起排行），所以人家叫他們三個的文風為「三十六體」，不是36，是「三個老十六」。

段成式寫了一本書叫《酉陽雜俎》，裡頭記載好些「典故」——哦，不，記載了好些「故事」。「疥壁」便是其中很精彩的一個（見〈語資〉篇），那是唐代中期大曆年間的故事（段成式書寫這事時，和大曆的距離約五十年）。那時代在荊州有位高僧，名叫玄覽，此人是個有道行、有學問、有品格，且有風儀的人，加上又有幾分孤傲，不喜與人親近，這最後這一項特點，反而令他更有魅力。當時有個畫家，名叫張璪，他趁玄覽沒注意，跑去他修行的清齋中，在牆壁上畫了些聳立的古松，他的朋友叫衛象的幫忙題起詩來，另有一位既不會畫畫也不會作詩的朋友叫符載，他就自任文宣人員，四處去傳揚。那幅畫與那首詩玄覽看見了卻不作聲，既不讚美也不批判，只靜靜地去買了一包白石灰，然後把那幅牆上的大畫徹底塗掉了。牆面於是又恢復了潔白，玄覽要的就是這樣一面老老實實的白牆，而不是有字有畫的牆。時人不解，跑去問玄覽，人家不要錢白送你的好詩好畫，你怎麼把它給歸零了？玄覽說：「這些人沒事，幹麼跑到我的住處，看到牆壁就畫起來，這一畫，把我整面乾乾淨淨的白牆弄得像是長了疥瘡似的！」

這故事極可愛，玄覽可愛，詩人畫家和義務吹捧人可愛，連好奇去追問的人也可愛——因為都是些直來直往直話直說的人。

不過最可愛的，我卻認為是後世畫家。他們撿到了這個故事，然後，覺得好玩，出於幽默感，就把它當典故來套用在自己身上。他們送人畫作的時候，就乾脆自己加上「疥壁」二字，意思是說：

「朋友，對不起啊，我知道，你家的牆壁很潔白很乾淨，但看在我們友誼的分上，請容許我大著膽子請求，把我拙劣的繪畫掛上去吧，雖然那會使你高貴的牆壁看起來像長了癩痢頭一般難看。但，好朋友啊，我是多麼希望我這不堪入目的作品能納入你的雅鑑啊！」

這番「謙辭」跟漢語系統中其他「謙辭」，如「拙荊」、「犬子」、「覆瓿」（註1）一樣，難免有「禮多必詐」的嫌疑。但我總認為，一個人成天說「謙辭」，「謙辭」說多了，應該多多少少總能提醒自己，說不定說著說著，就讓自己無意中真的學會了一點「謙功」呢！

好了，以上的故事和我有什麼關係？原來我有時去台北榮民總醫院，而院區中有間「湖畔門診」，門診二樓牆上掛了幅極大的國畫，尺寸約莫是二米乘四米，畫的是潑墨山水，畫家是張大千（註2）。這幅畫作於一九八〇年，而醫院中之所以有「名家」「名畫」的原因是由於畫家年老，得了眼疾，他認為榮總醫生醫治他很盡心，所以便送了這幅畫。從香港最近拍賣市場來看，此畫應值一億台幣以上。而畫家在畫面題辭中竟也用了「疥壁」二字，真是「大師之謙」，現代年輕畫家就絕不會說出這句話來。唉！我總是會站在畫前流連再三，不忍遽去，為了看畫，也為咀嚼那二字「謙辭」而忘了自己到醫院去是幹什麼的了——好像我去醫院是為了「醫俗」呢！

註1：「覆瓿」或作「覆醬」、「覆瓶」、「覆酒甕」、「覆甕」，指書的內容雖寫得不好，但如受贈者看不順眼，不妨把它撕成一張張的紙片，用來作封醬罎子或酒罎子的材料。古人沒有旋轉式瓶蓋，只以紙片或布片加上繩子綑綁來封甕口。而這典故最初是漢代學者揚雄的朋友調侃揚雄所著的《太玄經》乏人問津而說的，後世著書者亦常套用。

註2：台北榮總的張大千巨幅山水其實不是原作，而是複製品。原作被院方主動寄放在故宮博物院，原因是為了讓名畫有更好的寄身環境。好在複製品效果很不錯，又因沒加鏡框，直接掛牆上，可以近身細看，反覺親切。榮總此畫有兩張，另一幅掛在中正樓一樓服務處後面牆壁上，跟看畫人的距離是三公尺，但湖畔診所這張因直接掛走道牆上，可以說是「零距」。

（二〇二〇．一）

我見她帶著作品前來

我站在一家清真館的門口，平時，我偶然會來吃碗牛肉麵，頻率是大約三個月一次。今天來，我沒進門，因為只打算買一包口袋餅帶走。

口袋餅應該原叫饢，中國北方和西北方都這樣叫的。直徑約十五公分，厚則近一公分，上下兩層，密合而真空，對我而言，是個想像力無限的「零式扁包子」，你可以放些無窮無盡的葷素菜餚，也可以淡淡淨淨什麼都不放，就只吃微火烤麵餅的焦香原味。

我最初吃饢是九〇年代初，去新疆，在菜市場上買來吃，熱熱脆脆的。其實，受人招待吃大宴，也不能說不好，但就是少了這分自在。一個人或一群人，在市集中東張西望，穿前逡後，這裡摸摸，那裡聞聞，忽然看中了什麼餅，掏出錢來買下，當場擘了就吃，熱氣直冒，竄人之眼襲人之鼻……。台灣這兩年也許跟大陸學，喜歡說一個詞兒叫「接地氣」——唉，其實接地氣比較抽象，不如「嚼地味」比較具體。吃完新疆的饢，不免誤以為自己和新疆有了某種

「切不斷的長久關係」。

新疆不但市場上賣饢，如果你運氣好，在大路上，偶然也會碰到勤快的家庭主婦，在開辦她的「饢文化古早味瀕危保存中心現址」（這個古怪的詞句是我趕時髦臨時學的），她往地下挖了個一人高的洞，堆上石頭和燃料，然後把生餅往火窯中燒燙了的石頭上一貼，三下兩下，饢就可以撈上來往嘴裡送了。作為旅客，你或付錢，或不付錢，她都讓你吃一口。

我對那景象不知為什麼久久不忘，那熱燙的饢，那天地間無可取代的素樸美味，那華筵上從來碰不到的好食物。

此刻，我在等店家去取餅時（他們放它在大型凍庫），卻見一個婦人在門口趑趄徘徊，她矮矮胖胖，面帶微笑，髮上蒙著頭巾，一看就知是個亞裔回教徒。

但她在這裡幹什麼呢？

她不是顧客，她蹭來蹭去不像要坐下來吃東西的樣子。她不是煮麵師傅，她沒站在爐灶旁邊。她也不是跑堂，她沒參與端碗送菜的行列。她更不是收費員，沒人會想到把錢遞給她。那，她是誰呢？我盯著她看了許久，也看不出個道理來。她對我的盯看也沒有不高興，只一逕眉開眼笑，笑她那淺淺的傻笑。

我終於忍不住，抓了個店員來問。

「她呀？她是做餅的啦！每隔幾天，她就來送貨，送完貨，她就在門口磨蹭兩下。」

「她是新疆人或印度人嗎？」

「都不是，她是緬甸人，她說餅是有個印度女人去緬甸的時候教她做的，她來台灣不久。」

我對這一部「饢餅文化流布史」有點肅然生敬起來，當下便用「微笑」這種「國際語言」跟她打了個招呼，她也以微笑回我，她本來就一直笑著，此刻回禮，只是把「笑幅度」拉得更大些。

我買的口袋餅已裝好，我也付了錢，當下順便用大拇指比了一下，表示這餅非常好吃。她立刻會意，並笑出更其燦如春花的笑容。

我匆匆離去，沒有共通的語言沒法跟她細談，我真正想說的其實是：

「我的異國姐妹啊，我終於弄明白了，你站在這裡，你傻笑，你蹭前蹭後，東張西望，只因你帶了你的作品來！你不是拿作品來賣錢而已，你想看看客人吃你作品的時候的表情，你想知道你的作品給人多少喜悅，你想知道自己站在火灶前的那番辛苦最後都收割了些什麼——啊，我認識你，我的姐妹，因為我和你一樣，都是捧著作品去人間販賣兜售的人啊！」

不知為什麼，在揮手告別的剎那，我覺得我沒說出口的話，她都聽懂了呢！

（二〇二〇・二）

他想選一首詩來當總統

春雨無聲。

深夜，我在燈下，怔怔地讀著朋友的詩。八十一首，我卻從三月讀到四月又讀到五月……，春天的夜晚，有時有點冷……

疫情嚴峻，全世界悽悽惶惶，活人缺口罩，死人缺屍袋。

唉，奇怪的二〇二〇，但我的朋友郭漢辰已經跟這些都無關了——他走了，五十五歲，歿於台人最常患的肝癌。

六龜、甲仙、小林國小，大武山、霧台、林邊、小琉球……。追著詩句，我們去重訪屏東故里。我彷彿又坐上他的車，像去年，像前年，或大前年……，他開著車，我們一路在南台灣的陽光中不疾不徐地穿梭。

讀漢辰的詩不全是愉悅的，例如他有一首詩的題目叫〈老師，我聽不見上課的鐘聲〉，寫的是二〇〇九年八月八日小林村遭山洪滅村，小林國小五十七位同學下落不明之事，讀來令人觳觫。這讓我想起有位具「特異功能」的朋友，此人能感受到幽明間的事，災後，他去小林村，回來只說「慘絕」。我幾次話到嘴邊，都不敢開口詳問，怕說的那人會崩潰，也怕我這聽的人會崩潰。

漢辰其他悲傷的詩也不少，例如寫高雄氣爆或寫選舉，都不怎麼「賞心悅目」。

但是，我中夜讀來，只覺是在讀深婉而又激越的「情詩」。人世間的情並不只指男女之間的愛情，對悲苦死難的同胞的深愛，也會讓詩人寫出「另類情詩」。

這讓我想起白居易，他那句有名的「詩論」，他說：

> 文章合為時而著，歌詩合為事而作。

這句話其實已經很白了，但我還是想把它以現代人的用語再說一次：

> 如果要著手寫一篇文章，那就該當寫些跟「此時」、「此地」、「此間人」有關聯的切身之事。

如果要寫詩呢，那就該寫下真有其事、真有其情，是自己內心「非常有所感」的忠實記錄。

如果白居易能穿越時空，來到這二十年的台灣，想必他也會選擇和漢辰一樣的詩旨詩歸。他若讀到漢辰「影子影子請你狂奔」，想必也會擲筆二嘆，一嘆千古以來農耕人民的命苦，二歎漢辰的才與情。

漢辰的詩當然還有別的，例如寫玩手機的低頭族，忽然發現自己的頭顱竟不見了。溫馨的則如寫小女兒的出生，清逸的如寫山嵐中的野茶。至於寫旅遊中所邂逅的巴黎鐵塔，則又是另一種風情。最絕的是，每次看到選舉選得很難看，漢辰居然撂出一句有趣的大膽異想，他說：

「選一首詩當總統！」

啊，真是詩人的振聾啟聵之言啊！詩是好詩，語言和構想也夠生辣鮮新，但我卻不免想和遠方的漢辰傳個簡訊跟他開開玩笑：

「唉！漢辰呀，你也未免太政治白痴了吧？你不知道嗎？如果叫台灣的人選一首詩作總統，唉呀呀，他們照樣會大打出手的呀！選余光中？周夢蝶？還是吳晟？夏曼藍波安？」

如果能這樣一張紙一支筆一路寫下去是多麼好啊——雖然所寫的事有一半不是好事——但漢辰走了。

我捧讀他的詩的時候，有一句話，一直迴在耳邊，那聲音悲戚：

「這，已是漢辰的遺作了啊！」

我因那揮之不去的聲音而落淚，而煩膩，終於生了氣，回嘴斥道：

「哼！少來，誰寫的作品不是遺作？就連我現在在寫著的這篇文字，不也是若干年後的遺作嗎？」

那聲音便戛然止住了。

我於是想起去年，某個黃昏，在靠近台北金華國中的一個小書肆裡，眾人飲著咖啡，為漢辰的新書而慶賀。有一位朋友發言，說：

「我以前都不知道，原來漢辰是有病在身的……」

什麼？他說什麼？他所說的病，想必不是什麼小病，而我到此刻竟然從來都不知道他有病。他雖不是什麼精力充沛活蹦亂跳型的人，但在幾次共同參訪的旅程中，他都十分親切自然地幫我拉行李，我也只覺他算是個有正常體力的紳士，從來不覺得他有什麼重症，知道他血糖偏高，但那也不算太大不了，我也一樣……

他跳上台，帶笑做補充解釋：

「哎，有次有個朋友，當面問我，你上次不是說你有病嗎？不是說你活不太久了嗎？咦？怎麼到現在還活著？我說，對呀，就是到現在還活著呀！」

大家都笑了，我也笑，心中卻不免忐忑。

年輕時，口無遮攔，我認識某些藝術家，見面常用「呀，你還活著哇！」來互相調侃。敢拿「死」的話題互相打趣，那真是年少輕狂時的幸福歲月啊！

本來約在春天，在屏東，在勝利新村，要辦個文學活動，但疫情不輕，我屬於「高危險群」，媒體建議我輩「別亂跑——就算你幫了全社會的忙了」，我只好乖乖宅在家裡。本來想延到六月應該風波會平靜，但漢辰等不到那時候了。

世間所有的作者，不管是屈原或李杜，是蘇東坡或曹雪芹，終將成為遺骸——但所有的遺作卻有權利活著，活在會心讀者同悲同喜同憤同悅的眼神裡。

（二〇二〇．七）

跟傅聰有關的淺黃色笑話

傅聰走了，八十六歲，死於新冠肺炎，在英國。

知道他的人不免心中糾結，有揮不去的淡淡哀愁。淡淡，是因為這些年他身體不好，沒什麼活動量，和外界有些疏遠了。哀愁，則是因為半世紀前他生命中那無可彌補的憾恨。他那極優秀的雙親，在一九六六年同時上吊而死。是因為文革時代極大的恐懼嗎？是怕遭毒刑或羞辱嗎？還是自殺這個動作也是一封家書，警告兒子千萬別回赤縣神州，千萬要留在海外？答案沒有人知道。

傅聰的父親傅雷曾寫過許多封家書給傅聰，因為是自家人，直話直說，十分質樸動人，幾可作天下父親教子之用，後來出版《傅雷家書》，廣為流傳。但他們的自殺卻像最後一封無言的家書，什麼都沒說，卻也什麼都說了。

傅聰，這位「鋼琴詩人」，從此變成雙重的孤兒。「雙重」，是因為既失去父母的慈懷，也失去可以依歸的故土。

傅聰從此處處是家，也處處不是家。

至於他的生活，我猜想（當然，也是根據他朋友的轉述）是這樣的：除了基本的吃喝拉撒睡之外，就是練琴。圍繞著練琴，還有一些身為藝術家或詩人必須做的事，那就是閱讀和思考。朋友，當然也有，但實在沒時間多來往——唉，這樣的人生連「苦工」大概也不如。苦工的日子在傷筋勞骨之餘，至少在睡夢中尚可稍稍逃逸。傅聰，我揣想，他在睡夢中也難免要跟莫札特、貝多芬或蕭邦細細切磋……。

這樣的人生，如果我是音樂家的母親，我是不忍心看他這麼過日子的。但怎麼說呢？如果他自己覺得此生「值了」，別人又能說什麼呢？一往無悔，並留下「絕美」，我自己不是也為文學瘋到八十歲仍日夜不休嗎？

傅聰一生的「至樂」也許都藏在他的「極苦」中。

傅聰其人在傅雷的教養之下近乎完美，卻有個毛病，就是每次在演奏開始之前萬分緊張。等第一個琴鍵彈下去，此病反而不藥而癒，因為他有地方可逃了。只要他人在音樂裡，不管是貝多芬或蕭邦，他都是安全的。

傅聰有個笑話，是我二十年前故去的好友徐世棠講的，當時在場的人大約有七八個，地點在我家。徐世棠是個了不起的人物，可惜五十九歲就猝死於心臟病。他讀的是音樂，英文卻非常好，常常秀他那一口牛津腔的英文。還有一件事有點好玩，不妨說一說，他大概因父親和女作家冰心相熟，他竟是冰心的乾兒子，台灣開放大陸探親後他還去拜望過乾媽冰心。他最後的職場是「外貿協會」，駐英國，順便也就交結了不少藝術界的洋朋友，擅長在各種場合唱作俱佳地用京片子或英文說笑話，令一座傾倒。大家前仰後合之際，獨他一人兀然靜坐面無表情，很滿意於自己提供的笑果。

那晚，笑話如下：

話說某一天，在某城，傅聰有演出。他的緊張老毛病又來了，前台簾幕快升時，他偏偏說他想上廁所，本來上個小號也花不了多少時間，但這一次管舞台秩序的是個日本人，這位日本老兄執法甚嚴，且英文不好，一時不了解傅聰說了些什麼，只一逕搖頭連連說No。對他來講，一秒不差地把幕開了才是最重要的事。看這位老兄英文聽力不夠靈光，傅聰急了，便放棄英文，改用肢體語言（徐世棠當時說的是「他就做了一個絕對不會被誤解的動作」），表示要去解決一下，這位日本老兄很高興自己終於弄明白了，於是欣然回他一句：

「好！好！可以，明天早上，九點鐘，我帶你去！」

原來這位日本老兄誤以為傅聰在這個節骨眼上急待處理的事是「去買春」。

也真是「世人各急其急」。那位日本老兄怎麼會把傅聰的意思會錯得如此離譜！

我聽了這個笑話不覺傅聰可笑，只覺那位舞台監督好笑。臨場「緊張」，或「異常緊張」都不算毛病。我自己碰到演講場合，也難免有幾分緊張兮兮，就算那是講過的稿子，就算有時對象只是中學生。不緊張的藝術家當然也有，不過我卻更尊敬緊張型的藝術家。只要這緊張沒害得他昏厥倒地，以致誤了大事，都可算為美德。緊張，可以解釋作對藝術的虔誠、敬慎且自覺不足。

傅聰這種絕世之天才——我說的不是他的「指功」，而是他古典文學的素養——兩百年也未必能出一個。說不定，也就空前絕後了（因為兩岸三地年輕一代的古文學修養都在急遽退化中）。而傅聰走了，且走於新冠，我們哀惋悵痛是必然的。但不知為什麼，我在憤恨（哦，憤恨的對象當然只好是「命運」囉！）和不甘不捨中，老是想起徐世棠講的這個笑話，大概很想讓自己能逃離一下吧！生死之事不管是別人的、至親的、至敬的、還是自己的，好像也只能如此含著淚水澀澀地笑它一笑。

莎劇和元雜劇（包括後來的明傳奇和平劇）不知為何，有一個奇妙的雷同點，即每在悲情悲到極點處，便會有丑角跳出來搞它一段小笑話，真是奇怪加荒謬的組合。而戲劇術語卻謂之為「喜感調適」（Comic Relief），我寫此文以懷逝者，也正是此意啊！

（二〇二一・四）

唐宋第九大家沒了

——遙想那個金谿地方的小神童

王安石先生：

寫這封信給你，對你來說是件不太公平的事，因為我知道你的姓氏里貫，你的生卒年月，你的政治立場，你的詩詞才華。而你於我卻一無所知，就算你死而有知，也無法對我的數落反口相識。

不錯，這是一封指責你的信，你死了九百多年，我想，你對毀譽也沒那麼在乎了吧？也許，我真正要指責的不是你——而是，歷世歷代作著大官卻不甚有良心的人。

在歷史上，罵你的人並不少，不過，關於「政策」，我懶得「置喙」（這個「詞兒」好玩，意思是「放嘴巴」，說得更直白一點是「懶得跟你浪費嘴皮子」）。

不過，先放下你的話題，我且岔開來，去說說民國初年的王寵惠。我認為他是百年來最重要的才子，他也是清朝末年第一個拿到新制大學文憑的人。他後來的成就驚人，我就不多說了（因為需要一大本書來細說）。在這裡我只想提兩件事，當然，我想你大概也明白，這兩件事都希望提醒你，讓你有點愧疚。

第一是王寵惠是廣東東莞人（不過，他有幸生在香港），東莞在二十世紀八〇年代之後雖因「港商」鍾情而繁榮起來（相對的，台商則鍾情靠近上海的崑山），但在清末的時候，東莞實在不是什麼「大地方」，這樣的地方能冒出一個王寵惠來，不免令人驚奇。一九五三年，美國總統尼克森來台為東海大學路思義教堂破土，竟特地去拜見王寵惠，原因是他念大學的時候，讀的那本《德國民法》教科書，是由王寵惠翻成英文的。當時也另有一位美國學者譯此書，但大家居然公認王寵惠的英譯才更為正確雅馴，他是個通七國語言的天才。

大人物不是都該出在江南才子之鄉嗎？就算出在廣東，也該出在廣州，清朝末年的東莞算老幾？它依附於廣州，從「莞」字望文生義，它早年應該是長滿水草的「濕地」，而「莞」是編蓆的草。

而王寵惠和林語堂相似，他們都出生在甲午戰爭時代，又都是「小地方」的人，但他們都遇見「貴人」了。

說到這裡，我不免想罵一句：

「喂！王安石呀！以你當時的地位，你就不能去作個別人家小孩的貴人嗎？」

林語堂和王寵惠都是寒門子弟，因為他們的父親都是一介牧師（王寵惠則連祖父亦是牧師），但他們享了一項權利，他們讀了書，而且讀了當時最好的教會學校。誰是賞識他們、培育他們的「貴人」？是有權力的洋牧師，他們認為這孩子「孺子可教」。

你王安石是江西臨川人，我想說的小神童方仲永卻是金谿人。用現今的話說，後者是前者的衛星城鎮，也就是說，是個「小地方」，而你的母親和舅舅便是那一帶的人。

第二件我想說的是，王寵惠生平貢獻雖多，但我最佩服的卻是他說了「四字真言」。那四個字如果出於我張曉風之口，就一錢不值，但出於民初時代的王寵惠之口就可視為千古名言。他說，立國最重要的事便是要先有個「好人政府」。其實，說的人不止他一個，胡適等人也都附會此說。但王寵惠不同，他本身是「大法學家」，而他的高論居然是「治國之本不在於把立法方面弄得條則井然，而在執政者本人的善良無私和能幹正直」（以上是曉風代為歸納的言詞，不是王寵惠的原聲）。這話說了一百年了，現在想想，真是全然的真理——不管執政的是國民黨、共產黨，或民進黨都逃不了這條天理。

好，話說回來，你，和你的「王安石團隊」，其中「好人」的比例似乎不夠高……

說到這裡，我想你也聽糊塗了，我好像本來要指責你（你是「先賢」，理該接受後人的檢討），但我卻嘮嘮叨叨，說一位叫王寵惠的二十世紀的人物……

事情是這樣的，你曾寫過一篇二百三十六字的短文，叫〈傷仲永〉，而我這封信則是寫「致一位『傷』仲永卻『吝於培養』仲永的人」。

仲永為人所知，是在金谿地方。那一年，他五歲（應該是四歲，用現在的說法），一天忽然哭著跟父親求紙求筆，父親去跟別人討來給他，他立刻給自己取了個名字叫「仲永」（本來也許叫「二柱子」或「小狗子」），當下即無師自通地寫出一首詩來。

他的父親覺得此事不錯，便把方仲永當馬戲班的小猴子似的牽去各處表演，有人也就打賞他幾分錢。方爸十分滿意，仲永也無從反對，只是，沒有一個人想到，方仲永應該去讀點書，讓這個天才小孩有點底蘊。

從仲永幼時初展才華，到了十七八，他的詩已了無新意。到了二十五，你，王安石忽然發現，他已「泯然眾人矣」（很平凡地變成無名小卒了）！你，王安石，感慨係之，於是寫了一篇名叫〈傷仲永〉的短文，大發議論說：有天才的孩子不加教育，最後會變成「啥都不是」，沒天才的孩子不讀書，那「下場就更可想而知」了。

不錯，仲永是天縱奇才，「他該受好教育」，但，這個句子裡缺少了一個主詞，誰該出錢出力來教育他？他那白痴父親並不懂什麼「培養天才兒童的重要性」。而你，身為高官，眼看這孩子變鈍變笨，你只做了一件事，你「感傷」！唉，如果你有幾分「婦人之仁」，不管出錢出力，不管是你自己來教，或交官府特別費支應，仲永都不會留下千古憾事。說不定，我們俗稱的「唐宋八大家」，因為有人出面調教，又多了一位方仲永，因而湊成了「唐宋九大家」呢！

「我深感遺憾！」從你王安石到今天，作官的都很愛把這話掛在嘴上呢！

安石先生，希望你聽懂了我的話，並且——至少有一點點羞愧，你平生或者認為讓全體國民都平均吃飽很重要，這話沒錯，但讓所有的小孩都受到良好的教育，也同樣重要。

我為你只會寫篇文章來傷悼而傷悼！

像王寵惠或林語堂那種人物是因碰到「洋牧師」「識人」並且「肯栽培人」才出頭的，如果碰上你，大概也只能端出「傷寵惠」或「傷語堂」的文章來了！

後記：

香港茶具文物館的捐贈人，羅桂祥家族在十九世紀末也是梅縣一寒門，父親投奔馬來西亞一富有企業家余氏作帳房，余氏見其小兒聰慧勤懇，主張不可只讀到中學，乃出錢栽培他到大學，後來他也感恩圖報，效勞「父親老東家」的家族企業。終於，他自己也成為一個有見識、有器局、有仁心、且有藝術品味的「香港大企業家」，余氏比王安石可佩服多了。

（二〇二一．十二）

你慚個什麼愧呀？

——寫於《願未央》影片觀後

慕沙，親愛的慕沙：

你我不相見，已經好久了——哦，不對，其實你應該可以見到我，在朝雲靉靆的天際。至於那見不到對方的，是我，是此刻猶留佇在「肉骨凡胎之身」的我。

其實，因為各有所忙，你在世時，我們也不常見面，倒是常通電話。你的聲音，並非十分磁性的那種，也沒有特別的柔美之韻，卻字字句句誠懇實在，像你的球——一記記不虛發，令人難忘。

這一次，見到你，是在又幻又真的影像上，聽你女兒轉述：「媽媽說，她很慚愧，因為『我當年跟你父親二人相約要一生忠於文學，最後，爸爸做到了，我卻沒做到……』。」

啊，慕沙，慕沙，你是全然無須慚愧的啊！你聽我說：崇拜文學，特別是在年輕的時候，並沒有什麼不對。但其實，你所急於奉獻的，應該不是文學，而是想對同世之人做些什麼的一番心意，並期望因而讓大家的生命力都有其美好的成長。說得白一點，你希望能有些永恆的價值可以傳遞，有些真情可被感知，有些典範，可以永垂。

那時候，你太年輕，不知道文學只是手段，文學不是神，你沒能寫出很多或譯出很多作品，是不須慚愧或內疚的。因為你已把生命用更廣泛更深入更平實的方式一一詮釋了，而且詮釋得那麼溫柔。

文學是軛，「負軛」很神聖、很光榮，也很痛。而這神聖背後的真相是必須付出高體力、高心力、高耐力去從事耕耘，而至於耕耘的目的，其實是為了供養眾生。但一塊田並不能只靠一副軛，除蟲拔草、澆水上肥、或秋收冬藏，無一不是「與天地同其工」。慕沙姐，你的一生，沒有偷過半分懶，你的定位是一個「從不求償的給予者」。為人一世，只要付出了，就無須慚愧。

而且，當年的你，做一切「好事」的時候，做得多麼喜悅自然而漂亮。旁觀者看著，竟好像不覺你費了半絲力氣似的。

那時候，上世紀，六〇、七〇、八〇，乃至九〇年代，曾為愛情也為文學而夜奔的你，組成了一個小小的家，養了三個女兒。並且此家像英文中說的，是個「Open House」。朱家雖有大門，但簡直不知那扇大門是幹麼用的。陶淵明是「門雖設而常關」，朱家卻是「門雖設而常開」。

小文青，有才的、沒才的、真心仰慕的、只是好奇心大的……，只要走進朱家，都有一席之地。等到了吃飯時間，簡直像聖經故事中才會跑出來的那種神蹟發生了，一屋子的人竟都餵飽了。但聖經神蹟靠的是天工天力，朱家神蹟卻是靠你——慕沙姐——一鍋一鏟變出來的。那年頭，吃過朱家飯菜的人頭真是數不清了，我也叨擾過一頓。

當時內湖眷村，算「邊遠地區」，去的人往往須轉車兩三趟，再加上說說話，請教請教，很難不碰上該吃飯的時間。所以，你的「慕沙食堂」不知不覺便開張了。好在位置偏遠，否則朱家真要給吃垮呢！

我還記得有道紅燒茄子，軟糯豔紫且噴香腴美，我至今想不出你是怎麼煮的？

後來，搬出眷村，買了自己的房子，慕沙姐，你又辦起孤兒院和養老院來——不是收可憐的人，而是收些可憐的貓貓狗狗，別人棄養了不要的，你卻撿牠回來。一隻一隻洗乾淨，一隻一隻除蟲治病，一隻一隻讓遭遺棄的生命終於能有所安頓。犯錯的是別人，辛苦來補過的卻是你。

我想，愛過了，就沒有遺憾，給過了，就不須慚愧。而付出的人，是可以無疚於人世的。

慕沙，慕沙，用英文來說，人生只有兩件事，一個是what you do，另一個是what you are。你的一生，做了該做的事，並成就了典型，足以為範，文學不文學，完全是次要又次要的事了。

一家五口，撐著過日子，已不是一件容易的事了！再加上「四腳家人」，真不知你有多折騰。

這世間，最有值的大業，應該就是「愛」了。但「愛」字陳義甚高，世人隨口說的愛簡直惡俗不堪聽——而你卻在現實生活的美食、美言、寬容有度、乃至屎尿癰瘡的處理上得之。奉獻了，而又不自知的人，是值得欽佩的。

有件事，你大概不知道，我想說給你聽聽：

有一次，文友聚集時，司馬中原在三分酒意之下對朱西甯說：

「哎，你那女人，比你可愛多啦！」

其實，朱西甯並不是不可愛，他只是天生有點儒式（加基督式）的「正經像」罷了。

但司馬說那句話卻是因為有天他去你們家，想找朱西甯聊聊，不意朱西甯卻外出了，他左等右等，等到了吃飯時間，而朱先生仍未回家（那時代，家中不裝電話的人居多），而你，慕沙，你就把為朱西甯備下的「紅燒肘子」全端給司馬了。而司馬，也就毫不客氣地把那隻肘子獨吞了。

「呀，本來是為朱西甯燒的呢！你看，人家妻子特為丈夫燒的（朱嗜厚味），我跑去，竟把那隻肘子全吃了——哎呀，真是燒得好呀！」

朱西甯聽了，只淡淡微笑（其實他也挺可愛的）。

慕沙，慕沙，連我在旁聽了這話，也羨慕久之，恨不得那天我也在場，恨不得我也痛快地跟司馬一起搶吃那塊肘子，我想那真是「世紀之肘」啊！

唉，慕沙，留下典型（其實，你也不是沒出過書），不是對人世更華美的奉獻嗎？你慚個什麼愧呀？

（二〇二二・六）

茶人・茶事・茶紙・茶畫

茶，對我而言，是人間極好極好的東西，雖然我並不精於此道。

試看小小一顆雞蛋，一旦跟茶結緣，變成茶葉蛋，立刻就有滋有味了。

（以上這句話，如果給愛茶的人聽到，一定恨不得殺了我，說茶好，什麼不說，竟亂扯什麼茶葉蛋，實在沒品。不過，要知道，喝得起好茶的人不多。一般大眾，最常接觸的茶味，其實是超商賣的茶葉蛋。）

一把水壺，只是尋常器皿，但如果是用來泡過茶的茶壺，就算打開蓋子來聞聞空壺，也覺其潛香猶在。

如果在講究人家，走進四壁都收藏著大茶罐的貯茶室——那，真是令人比進入金庫還要興奮。

茶馬古道，其時間其空間都離我甚遠，但當我靜心凝坐，卻彷彿仍能遙聞清晰的得得蹄聲，仍然聽到一步步西行的茶販子的喘息節奏，並感知他們的汗透衣衫的辛苦旅程。

說到茶，其實，茶不喝，也不會死，可是人類不知為何卻偏偏非它不可！

甚至連美國獨立戰爭也是因為茶稅惹起的。其實，當年自賣為奴赴美的廣東人如果能貸款去美國經營種茶園（美國土地那麼大！），要比幫人種棉花田或築鐵路好多了！麻煩的是美國大部分地區平均而言氣候太乾燥（不像中國山水潤澤多霧），要種出好茶，恐怕要多花一分心思。

不過，世上「茶事」雖多，我最有興趣的除了「茶」本身之外卻只有三樣，一是茶壺（但我不想擁有，因為一旦打破，太令人心碎）。二是茶詩，唐宋詩裡隨便一翻就有，文人之間或贈茶，或論茶，令人不勝嚮往。三是茶人，茶人之可愛，在於其人必是「茶癡」，人要「癡」，不管是先天必須有此稟賦，還是後天在現實遭磨而不改初心，都不是容易事，茶癡必須全始全終，忠心不二。我想茶癡不管是陸羽，是盧仝，是明末的張岱，還是張岱所佩服萬分的閔老子（「子」不讀作輕聲，讀作上聲，意思指「閔老先生」）都令人神往。

閔老子的茶事業在金陵（今南京）的桃葉渡（秦淮河畔），可算那時代的「茶葉達人」，其人有其夙慧（指感官敏銳方面），且狡黠，我喜歡他那一點點壞——他老想偷考對方一下，試試對方的斤兩。好在，張岱過了三關，二人才成了知交。

但閔汶水（閔老子的名字）是五百年前的人了，活在二十一世紀的我卻有幸成為今日「台灣茶人藝術家」吳德亮家中的座上客，聽他說起天南地北奔走各地尋幽探茶的軼聞。我想，他大概是當年閔老子的今版。

張岱當年拜訪閔老子那次，算起來是夜晚，其實他遠道前來，應是下午，但閔氏出門去了，他只好獨坐苦等，等到他傍晚回來。不料閔氏剛進門，卻說自己把枴杖忘了，必須回頭去拿。這一耽擱，可能又是一個半小時，到他們「坐而論茶」的時候，想來是在晚上十時以後了。在那個沒電燈的年頭，真是「很深很深的夜」了。因為茶，七十歲的閔老子欣然交結了一生沒遇上過的「知茶之人」。

那時代是晚明，那天是西元一五一八年的陰曆九月，而今天我寫此文時是二〇二二年十月七日，算起來是五百零四年後的同一個月分。我為這晚秋的微涼欣悅，這有茶有書有朋友有盈月的世界真好。在不同的地域，在不同的年代，有閔老子或吳德亮這樣的人物來傳承茶文化真好。

如果拿吳德亮跟閔老子比較，吳德亮在兩岸行過的腳程大約是前者的千倍有餘（當然啦，靠的是飛機），他接觸且點化的茶客也千倍於閔汶水（當然也是靠臉書）。他熱心四處演講指教人，也謙虛接受別人的指教。他尋茶甚至尋到台灣原住民的部落裡……。他演講，他書寫，他畫畫（聽說不久就要開畫展呢！），不要怪他「不務正業」，因為只要「跟茶有關的事」，他就如孔子所說「雖執鞭之士，吾亦為之」（翻成白話就是「就算叫我幹那趕馬的賤役，我也肯！」）。

我想，此人是幸福的，因為心心念念都在促進飲茶一事。真希望全世界各國各省都有「茶使」或「咖啡使」制度，大家常能舒舒服服坐下來聊聊，湊著一隻杯子輕嗅輕呡，相視會心——總比站起來惡狠狠地互瞪、互罵、互撕、互咬或互射飛彈好。

相較於閔老子，吳德亮是個「隨和且多元的茶人」。他是友善的，並不打算跟來客搏鬥「茶知識」，我們只管放心隨意喝赤灩灩的熟茶。他的妻子來自雲南，為人爽颯，是個秀外慧中的「專業泡茶人」。新買來的今秋剛曬透的新埔客家柿餅柔韌甘美。而十一樓上，西向的落地長窗外有豔豔落日——桌上的柿餅和窗外的落日，二者相互映照。

其實，還不止，牆上的掛畫（他自己畫的）也來一併相與爭輝。說起來，此人真是有茶癖，連他畫畫的紙也跟茶有關。

大凡畫家，無不夢想擁有自己獨特的紙和筆，當年劉國松看上了軍中包裝大炮的紙。常玉不善理財，有時窮了，便隨便找個大木板當紙作畫。張杰除了在一般紙上畫，還喜歡把他的荷花畫在美女的裸背上。

吳德亮選擇的那種紙叫「茶票紙」，它原始的功能是包茶餅。歷史上本有「茶紙」二字，我以前就知道，卻是透過一個悲慘的故事，那是唐朝的事了，開元盛世剛過，安祿山的禍事便鬧起來了。張巡、許遠死守孤城，戰爭中，最慘的是糧食絕了，在人吃人之前是吃雀、鼠——雀、鼠之前是馬，馬之前竟是茶紙。啊！原來茶紙平日可以包茶，飢荒或缺糧時也可以拿來吃。順便說一句，張巡、許遠在安史之亂中因為死守睢陽，經韓愈大文記述，後世已視他們為「『忠』字的『代言人』」，至今金門、馬祖竟皆有「雙忠廟」或「張巡、許遠廟」（不是國民黨蓋的，是早就自動有的），我赴金門、馬祖時總會去致敬一番。

話扯遠了，我要說的是，一千二百多年前的那麼慘烈的戰爭中，讓軍民充飢的那種茶紙，到了吳德亮手中竟變成了為美好生活留下實錄的畫紙。

啊！但願戰爭滾遠遠的，但願世人的血都只流在自己的血管中，而不是敵人的刀刃上。但願茶煙裊裊處，我們能在茶人所經營布局的茶畫中看見村屋，看見山，看見河，看見樹，看見鳥，看見茶，看見簡單素樸而不屬豪奢喧囂的生活。

附註：

一千二百多年前（唐肅宗的年代）河南睢陽城中的「茶紙」長什麼樣，沒人見過，但河南基本上不產茶，河南人至今只誇他們產在河南南方的信陽茶（一般而言，茶喜歡長在中國南方山區）。而睢陽較北（近商丘），已是河南中部了，所以其茶想來應是遠方運來的，有需要好好來包裝。其實，如今廣東潮州滿街店家賣的雖是本地的老欉茶，也都是用紙來包的。紙大約三十八公分見方，素色，無字，同中藥包法，包得方方正正的，且立體。但一千二百多年前河南的包茶茶紙，是不是同於今日潮州茶商所用的包裝紙，則不得而知。

而「茶票紙」想來是在有了大規模的茶產業後的產物，二者的紙質、尺寸、厚薄、原料、韌度，想必不同，且「茶票紙」顯然印了很多具宣傳或說明意義的文字或圖案。而吳德亮去上游原廠買的是原始「裸紙」，我猜跟睢陽古城中富纖維可拿來充飢的紙比較像。

原載於二〇二二年十一月二十三日《人間福報》

他所做的那件小事是——

星雲大師辭別人間，中港台的朋友都有一分不捨。

最近一直想著他曾做過的一件小事，卻遲遲無法落筆。原因是，他所做的那件事竟是——「什麼都沒有做」。但後來轉念一想，「小事」中的兩位主角既已先後棄世，我若不來說說這件「小事」，故事恐怕就淹沒了。

有天中午，星雲大師設宴款我，那是四十年前的事情了。我欣然赴會，想著素食的美味，心中有點帶著慚愧的喜悅——大師宴客，我卻心裡卻饞饞地只想著美饌，唉！真是沒品。

及至圍桌坐下，我才發現，我和J是主客。我跟J半熟半不熟，他是政界人物，算是我某個朋友的朋友，他平日為人尚稱隨和。

吃著聊著，不知怎麼回事，話題竟被J引到他「吃狗肉的經驗」上去了。

我覺得不妥，卻也不知道該用什麼辦法來制止他。在「出家人」面前談「葷話題」，已不相宜，但談狗肉好像更更不宜——不過，是不是魚肉、蝦肉、雞肉、豬肉、牛肉就比較可以入話呢？我也說不上來。

而J好像越說越興奮，我想繞開話題來攔一攔，卻也攔不住，他說：

「我們不殺一般的狗，但我們在大院裡養了一隻母狗，有些公狗就鑽到我們院子裡來了——是牠先犯了色戒，我們才犯殺戒的，這很公平，對吧？」

我聽了非常生氣，但也不方便當著主人發作罵人，他於是洋洋得意地繼續形容：

「唉，那狗肉真是好吃呀，天下的肉都沒得比！」

那天的素席美食我現在全不記得了，連大師席中說了些什麼也大半忘卻，只記得是有關「環保」和「放生」的話題，大師說了一句：「放生？我說，那常常是『放死』啊！」我倒印象深刻。不料，卻因生氣，反把J的話全牢牢記住了。我甚至懷疑他去養的那隻母狗，也是專用來釣公狗的工具，不免覺得萬分邪惡。

當日大師卻不動聲色，只殷殷勸菜。我事後才想，如果換我，非狠狠教訓J一頓不可。當著大師什麼不好談，卻偏偏說狗肉，還帶著煽情的半黃色，像話嗎？

唉，我現在才明白，四十年前，大師那天是以「口不出聲」來應付那奇怪的場面。他什麼也沒說，什麼也沒做，他是主人，他等待，等待J有一天自己明白自己的可惡之處。

大師生平做過很多事，辦學、辦醫院、辦報、辦雜誌、辦「文學獎」……，甚至在故鄉揚州靠近瘦西湖不遠處規劃了包括圖書館和餐廳及住房的大園區，處處令人驚豔，他真是一個很會衝的人——但，我回想起來，仍覺他更為可貴的，應該是刻意在令人極憤怒的場面中，以「不作為」、「不發聲」、看似「一無反應」時所展現的安祥包容和恢宏大度。

原載於二〇二三年五月二日《人間福報》

輯三 / 千年香徑

七百多年前的尋梅人

冬前冬後幾村莊
溪北溪南兩履霜
樹頭樹底孤山上
冷風來
何處香
忽相逢
……

上面是元代曲家喬夢符（一二八〇～一三四五）的〈水仙子〉散曲小令。此人本是太原人，有其屬於北方男兒的爽颯帥氣，並且又莊矜富文藝氣質。他是個了不起的「元曲人」，同時擅長「散曲」和「劇曲」的創作。他甚至還是個「寫作理論家」，曾說過「六字真言」的生動比喻，把艱深的空言說得生動有趣。他說，寫劇本，應該「鳳頭」「豬肚」「豹尾」。翻成今人的話就是「華美而富於吸引力的開頭」加上「寬闊壯實的內容」加上「鋼鞭有力的結尾」。他常年住在當時最美麗的城市杭州，真是個令人生羨的湖畔文豪。

曾有一個冬天的清晨，他從家中出發，目的是去尋找一縷野梅的芬芳。那時候，距今七百多年，美男子喬夢符踏遍前村、後村、溪南、溪北的山徑，終於在「前朝的梅花知己」林和靖所曾住的「孤山」上，嗅到魂夢中的幽幽冷香……

梅花已開得滿山滿谷，喬夢符走在梅花樹頭，低首俯視——因為那些梅花生長的位置低於他所站的立足點，所以他可以飽看整個樹冠。喬夢符也走在樹底——因為有些梅花長在高坡上，所以他得抬頭，才能去仰望那滿樹滿枝晶瑩玉潤的花瓣，當然，連同藍天，也一起順便仰視了。

多麼神奇的、高高低低的山徑上的那些「層層疊疊的梅花」啊！

然而，我呢？我既不識宋代的林和靖，也不識元朝之喬夢符。我雖去過西湖附近的孤山，但當時卻並沒有野梅綻放之瘋狂花事。一年雖有三百六十五天，唯一般花朵的盛期卻大約不超過十五天。一個旅人要想趕上繁花之季，真跟天才想碰上賢君盛世一般不容易。然而，我知道，只要有土地、有根莖、有枝幹，在某個陽光晴好或月光皎潔的時刻，自會有繁花來做一番盛放，並且十分殷勤地來入於人眼。我常站在蕭瑟無花的枯林中，為我未及見到的繁花勝景而感動癡立，彷彿來年的驚紅詫綠此刻已在我的前後左右，並且，以其芳馨盈我之袖，以其清露沾我之衣。

正如有些人要看到紙鈔或金條才相信自己有了財力，但有些人只要看到支票或提款卡或支付寶就知道大筆財富已在我手。

在嬰兒的明眸中，一個母親會見到來日之孔孟。在荒村野徑上，一位老師會預知某位幼童可能成為二十一世紀的牛頓。在山陬海隅處，他年的愛因斯坦未必不可期。而在偏鄉小客棧伸手不見五指的闃黑暗夜裡，明天清晨竹籬上的牽牛花想來是不會爽約的。美，是一種信仰，十分虔誠的信仰，大可不必堅持「眼見為憑」。在文學的和其他種種方式的敘述中，自有無窮無限的想像的大空間。

於無聲之際聆大音，於無光之境體天啟，於無色處先睹繁花似錦，這世上平凡黯淡的人生中，自有其許許多多可期可待的絕佳清景。

（二〇二〇．五）

說到「香」這件事

中文的「香」字其實有點奇怪，我覺得。

我偶而跟學生「玩」，叫他們到辭典中去查「香」字。常有些愣學生回說：

「查不到！」

「我的字典裡不知道為什麼漏了『香』字。」

「你用什麼部首查？」我問。

「用『禾』。」有人回說。

「用『日』。」另有人回說。

「你們都找錯部首了，當然找不到。」

「咦？如果它既不屬於上面的『禾』，也不屬於下面的『日』，那它屬於什麼？」

「『香』字嘛，屬於『香』字部，它自己就是部首。」

有些學生立刻打開部首頁，發現真有個「香」字是部首。

「這不合理，」有人立刻抗議，「『香』字不配作部首，『金』字可以，『水』字可以，『鳥』字可以，連『車』也可以，『瓦』嘛，勉強也可以吧！但『香』字有誰跟它一家？它憑什麼作部首？」

「有，我想起來了，『馨』字跟它是一家的。」有個學生反應比較快。

「對，我也想起來了，『馥』也是它們一家的。」又有個學生說。

「可是，一個將軍，統領著兩個兵——」我說，「其實不止兩個兵啦，我們這邊的《中文大辭典》裡『香』字下面除了剛才那兩個字以外，還有四十九個字，他們那邊的《漢語大詞典》裡則收了十八個字。可惜這些字很少出現，大家都不認識它們，差不多等於沒有一樣。所以，你們就不服氣了，一將二卒，你們就認為不配成立一個部隊擁有一個番號嗎？」

「對呀，對呀，這太奇怪了！」

「不過，這事由不得你們，兩千年前，許慎編了一本《說文解字》，把漢字分成五百四十個部首，事情就這樣定案了。當然，現在的字典未必肯照許慎的分法把大千世界劃成五百四十塊，五百四十實在是太多了。所以後來一路減，減到現在你翻開字典的部首頁，大概只能發現兩百個部首了，好在『香』這個部首現在還在……」

以上所說的這些遊戲，其實也只是發思古之幽情，因為現在學生已經不怎麼查字典了，當然也不管它什麼部首不部首，反正一切靠智慧手機，讓它代勞，管它什麼字歸在什麼部首的麾下。

可是我還是要說說，香，這個字實在挺有意思。它的上面是「禾」，其實不是禾，而是「省略的黍」。「黍」，是古時候大家認為芳香好聞的植物。世上香的東西很多，花也香，果也香，草也香，葉也香，木也香，麝香更香，龍涎更更香……。為什麼偏挑這個並不怎麼太香的「黍」來造字呢？我想是因漢民族對這種香味特別有感情。「香」字在甲骨文時代就有（有很多字，是到篆文時代才冒出來的），來自黍稷的芬芳，我想應該是令漢人最安心的氣息，它既是食物，也是釀酒的原料，它可以餵飽我們，像母親，也令人醺然沉醉，像情人。

不過，芳香，這玩意，雖然基本上是怡人的好氣味，但多少也有點「兩性勾引」的「魅力面目」。民國初年最為色顛倒的留日作家郁達夫（這裡強調日本，是因為日本人一方面在公共浴池裡喜好裸裎，在小說裡好像也認為不把自己的性事「披肉瀝骨」一番不足以示誠，這一點郁達夫好像學到了），他曾在一篇不知算散文還是算小說的文章裡提到桂花的濃郁香氣，竟然說：「我聞了，似乎要起性慾衝動的樣子。」聽得故事中的鄉下大姑娘都一愣一愣不懂他在說些什麼。我看此段，則幾乎失笑，而且立刻想起「純潔女作家」琦君（郁達夫是富陽人，我去過他的故居，跟他的晚輩聊了一下，他和在杭州長大的琦君是同鄉），這桂花香味如果入了琦君之鼻腔，她想起來的一定是桂花年糕或芝麻湯圓。

回頭說這黍稷的芬芳，幾乎是漢民族最為「正字標記」的香味。但我們這民族不十分熱愛發展「感官世界」。在中國最古老的《尚書》裡有一句提到祭祀大典中的嗅覺效果，有一句：

> 至治馨香，感于神明，黍稷非馨，明德惟馨。《尚書．君陳》

這句話一方面肯定黍稷的「糧食香氣」是可薦神明的最正統香味，一方面也「未免太快」就把話說到抽象和道德的世界去了，一點都不肯停留下來多讚美一下黍稷本身的芬芳。當然，身為上帝，視人類為兒女，而身為君王，則等於上帝所請的幼兒園園長，園長能「至治」（指完美而良善的行政能力），上天自然喜悅，遠勝貢物，但我讀此段話還是不免為黍稷的芳香叫屈。

黍稷田我在台灣沒見過，但記得少年時家住屏東，處處可見稻田。稻熟之日，陽光晴好，稻香之醉人，無言可喻。它對我而言是泥土加上稻禾的騰烈香息，鬱鬱勃勃為世上萬芳所不及。我若是香水商，就努力把這屬於稻香的香水做出來，相信也自有其「性的吸引力」。試想，大地加陽光，是多麼強大的生命力和生殖力啊！

相較之下，《聖經．創世記》中的記載就比較「有感覺」，那段經文說挪亞既出方舟，便築壇獻祭，上帝「聞那馨香之氣」便暗許「爾今爾後，我不再因世人之邪惡而咒詛大地……」。

在猶太人的經典中，祭物的香氣竟可以衝上天庭並且直撼天神！而所謂「感動」，就猶太人的信仰而言，連神也是因「有感」（嗅覺感官）而「情動」。

魯迅寫《中國小說史略》時，延用了日人鹽谷溫在《中國文學概論講話》中的論點，認為：

> 華土之民，先居黃河流域，頗乏天惠，其生也勤，故重實際而黜玄想……

是耶？非也？我姑存疑，是由於因窮而苦，因苦而務實，所以，顧不上那些奢靡的香味。因此，除了帝王之家，早期漢人生活中好像不十分了解「香」這件事。「香」，對兩三千年前的漢人來說，是有點遙遠的浪漫嗎？

（二〇二一．五）

千年香徑

孔子，我們如果把他看成一個中國古代的北方漢子，高大、正直、謙和、有學問，有時候也不免有點倔。此人，他和「香料」之間有點關係嗎？

孔子編輯修訂了《詩經》，《詩經》原有機會在「多識於鳥獸草木之名」之際好好帶上一縷香氣，但，《詩經》顯然不太有興趣多談這件事。

孔子本人跟香料倒有一點點關係，那就是「他愛吃薑」，甚至於每頓飯都離不了薑。是因為薑的「殺菌功能」？還是它的「辛香氣味」？則不得而知。薑想來不便宜，因為我聽許多薑農說，種了薑的土地有好幾年都不容易種活別的東西，因為薑「太會吸收養分了」。一種令土地「不得不休耕」的農作物，理當貴一點。貴了還吃，可見得是真心喜歡這種又香又暖胃的食物。

不過，以上所說，是孔子這個北方漢子的「香味經驗」。如果換上一位在南方的，生年比孔子晚生了二百一十一年的屈原，情況就完全不同了。在南方，在楚地，在雲夢大澤一帶（啊！想像一下，那塊面積大於台灣且早於公元的超大型濕地），這位才子的作品薰染著一片岸芷汀蘭的幽幽清芬，「香草美人」成了他個人的招牌和隱喻。他的文字和《詩經》兩相比較，黃河流域是規規矩矩的四言，揚子江流域則是長長短短變化多端，不時還加個「兮」（此字古時讀「嘿——」，粵語讀法是對的，等於「啊——」）字的「多情感歎調」。

屈原的〈離騷〉是一篇好詩賦，我卻最神往其中的兩句：

余既滋蘭之九畹兮
又樹蕙之百畝

啊！如果屈原是我的鄰居多麼好啊，我可以不花錢不費力氣就享有一大片視覺和嗅覺的天堂。

到了漢朝，「香」的步調就更穩健了，也許拜「書同文，車同軌」大一統局面之賜，漢宮裡忽然冒出一大堆郁郁紛紛的香味。堯舜時期的土堦茅茨早就不見了，皇后寢宮的內壁塗的是椒泥（花椒加泥），取其煖香之感。至於帝王本人，他的寢室塗些什麼，我就不清楚了。

到了漢成帝時代，得寵的趙氏姐妹更是兩位「香氣達人」，她們差不多把自己薰成了「香胚子」。《西京雜記》裡記載皇帝曾偷偷對人說，他認為趙飛燕有點太香了，他比較喜歡飛燕之妹的有點「人體自然原味」的本真作風。

我對她們姐妹二人「香指數」的高下沒興趣。我比較好奇的是，那麼多奇珍異香都從哪裡買來的或貢來的呀？

趙飛燕封后的那天，妹妹昭儀奉上三十五件大禮，其中有珠寶、有紡織品、有稀罕玩物、有擺設，最後，還有四件貴重的跟香有關的物件！

啊！想那大漢王朝的年代，從四面八方，有萬千香料紛紛湧入中土，那時的條條大路真是一道一道的千里「香徑」啊！

及至三國時代，曹操臨終時慎重交代「遺產」，竟也提到「分香」。曹操身後似乎只有兩件寶，一是香料，可以賣錢。二是家奴，可以利用他們的勞力不斷製鞋子去賣（唉，要是曹操的作品〈短歌行〉可以收轉載費或「打賞」的話，那就有一筆不小的收入了）。

等到晉朝，《世說新語》裡的「香故事」，就更有趣，簡直像一則精彩的推理偵探小說。

不過，那故事讓我驚喜的卻是它的周邊敘述。

第一，當時的異香是遠方來的。「遠方」可能不那麼循規蹈矩，他們喜歡弄出些詭異魅人的東西。但漢人好像也就「姑予收藏」，畢竟是個稀罕物兒。

第二，當時貴族女子是可以主動愛悅帥哥的。而且還安排了「跳牆約會」。事後又偷了家中的「御賜異香」贈給帥哥。

第三，這種香，「放在家中收藏」似乎並不怎麼特別，但一著人體，則異香襲人，並且經久不散。而，這種「限量版的香味」（因為擁有的人只有幾個高官）其辨識度當然極高。家有嬌嬌女的敏感父親立刻就「嗅出事情來」了。

不過，我懷疑這位名叫韓壽的三世紀的古代美男子，是否「故意」暴露自己身上的香味，以求跟「準岳父」「一搏勝負」，則頗令人玩味。

後來，這宗緋聞案終於圓滿閉幕，也留給我們許多想像。「香息」和「男女之事」差不多是「個人主義」凸顯的暗碼。

大約二十出頭的年紀，我在朋友的書架上看到梁漱溟的書，我因覺得作者的名字極美，便破例抽來一讀。我那時讀書很偏食，除了中外文學，不肯讀別的書。朋友在旁邊說：

「是禁書哦！」

這句話很有用，我不由得又多翻幾頁，立刻便對這位思想家佩服起來。他有一個論點，令我瞠目結舌。他認為，在中國，「個人主義」一向是不被允許的。而在我的年代，中學老師告訴我們「個人主義」是「自私自利」的等義詞，我們避之唯恐不及。看了梁漱溟的書才茅塞頓開，並且當下就用這觀點去看牛郎織女的神話或賈寶玉的掙扎，好像立刻一切都清楚了。至於巴金小說在民初何以那麼風靡，我也忽然都明白了。

同時，我才乍然了解，自己那時為什麼迷上晚唐五代的詞，較之愛詩還更多。因為詞是「個人主義」的產物，從兩性互動出發，是最直截了當的自我的呈現。

更有趣的是，我發明了一個有點靈驗的「檢測法」，任何詩詞，只要看它字面上有沒有「香」字，便知道它有沒有一段旖旎的旋律潛藏在其間了。〈孔雀東南飛〉中，焦仲卿的天真妻子提到自己豐厚的陪嫁品，特別說了一句「紅羅複（覆）斗帳，四角垂香囊」。天哪！殊不知這種香豔暖膩的深閨內室的幸福圖象，是會刺激到那位變態婆婆的呀！難怪她給「出妻」了。

就算「香」字有時未必事關男女，例如佛教，也頗愛用「香」字，但宗教也可視為另一種層次的浪漫。

六朝時期的北方移民到了南方，也會被南方的強烈香味嚇到——這，也算某種浪漫吧？南朝梁的劉峻寫了一篇〈送橘啟〉，竟會把橘香說成「香氣噀人」。「噀人」就是「噴人」的意思，唉！橘香居然能噴得人滿頭滿臉，真是誇張動人的刻劃！這些新移民不是「驚豔」，而是「驚嗅」。香的動人處，在一部「中國文學史」裡無處不在，在整個「民族成長史」裡亦然。

（二〇二一．六）

穿越——大唐

過了魏晉南北朝就輪到唐朝了，雖說天下大勢「合久必分」、「分久必合」，其實也靠「磨合」跟緣分。而且，政治的斷代和文化的斷代不同，政治方面的斷代說得出某年某月某日某人取代了某人，某朝取代了某朝。但如果說到蠶絲呢？絲的文化史一路由嫘祖寫到今天，而禾稻的種植史也不分什麼宋朝、明朝、清朝……。

唐朝，對我來說，一直是個美夢。不過，說到這一點，恐怕得稍稍感謝日本人，因為他們崇拜唐朝已經一千四百年了，而我懂得景仰唐朝，則只是近五十年的事。

日本人對中國不怎麼以為然，他們只崇拜唐朝。從前，他們統治台灣，而當時他們罵台灣人的話居然是「清國奴」，「清」字竟成了髒話。據說日本人也不甩中國唐以前的歷史，真是好笑。就說「十八姑娘一朵花」吧，那，想必她一到十七歲也是小美女一名！但日本人不管，他們只佩服「唐」。

記得八〇年代，我在日本奈良的唐招提寺看到鑑真和尚的金身，既佩服瞎了眼仍冒死渡海去日本度人的鑑真，也佩服那些為鑑真裝了金身至今仍感謝膜拜的日本人——我甚至因而認為那裡的櫻花全日本最美。

我去日本餐廳吃飯，想要一點辣椒粉，一下子很難說清楚。平常寫漢字可以通，但辣椒的漢字他們卻不懂，我百折不回，終於找到那個辭了，原來叫「唐辛子」。當下不覺失笑，日本人什麼都說唐（如唐式建築），辣椒明明是南美洲來的，怎麼也變成「唐辛子」了？可能日本人有陣子針對西方，行「鎖國」政策，所以，他們拿到的可能是「自中國轉口貿易的辣椒」吧？

廣東人也愛說「唐」，美國因而有很多「唐人街」，不知為什麼，廣東人自認是「唐人」而不是「漢人」。

當年台灣學生窮，去美國留學總想兼打點工，而去中國餐館洗碗算是個不錯的選擇。無奈這些餐館都是粵籍老華僑開的，進去說普通話會令他們很不爽！

「怎解你唐人不識講唐話！」

當下，這位中國學生就被「老廣」取消了國籍——只因他「明明是唐人，卻不會講『唐話』（廣東話）」，簡直是叛國行為！

我偶然遇到歷史教授，常會請教他們一個問題，我的問題是：

「唐朝的道路交通狀況很好嗎？」

「你為什麼會問這個問題呢？」

「因為我讀《全唐詩》——唉！吹牛的啦！《全唐詩》堆起來超過半公尺，哪能一下子讀完，不過，我儘量讀就是了。我甚至買了兩套《全唐詩》，一套放在學校研究室，一部放家中書架，這樣我隨時想讀就可拿來讀。我肯花錢買兩套的書不多，另外還有《莎士比亞全集》、《中文大辭典》和《聖經》。我讀《全唐詩》有個毛病，我因為知道自己一下子也讀不完，便動手去翻目錄，從目錄上可以看到某詩人大致寫了些什麼東西。有時還會找到些好玩的事，例如韓愈寫有人送他一張昂貴的蘄州蓆子，或劉禹錫有詩送給日本和尚，或某個詩僧去買橘子來種，以貼補廟中的用度……。從某個角度來說，詩的題目比詩還好玩，因為中國詩一向只愛抒情，反而題目裡面有情節有故事。我常看到甲詩人跑去看乙詩人，乙詩人又去看丙詩人，丙詩人也不嫌遠去看丁詩人……。我就猜想，那時候，道路一定四通八達，否則中國那麼大，他們豈不跑斷腿！至於詩題目中有『宿……』、『送……』、『別……』、『留……』、

『過……』、『題……』，都意味著有某個人在旅行了。所以，我想知道，那時候道路工程是怎麼做的。」

我這樣發問，有點厚臉皮，身為教授應該自己用功，自己查書，但人生苦短，凡事都自己動手去找，那要花多少時間啊？不如多多利用有專業知識的人，多問幾個學者，省了自己十年功，我的時間用在「找問題」比較好。

他們給我的回答跟我胡亂猜的差不多，那就是隋煬帝的功勞很大，他開了極長的運河。唐朝在這一點上占了大便宜，正如漢朝占了秦始皇築長城的便宜。不過，漢朝也沒閒著，他們繼續築牆。反正好事代代傳，只要百姓世世能平安富裕也就是好事一樁。

總之，我從《全唐詩》目錄中相信唐朝那時的水路陸路都十分方便，且路上治安也好。於是，人跟貨都十分流通，那真是一個大好的時代。在諸般「中外貨品」中（例如紡織品、茶葉、紙、墨……），我獨對「香」的流布最感興趣。

杜牧的詩：

檣似鄧林江拍天，越香巴錦萬千千。

這些來自南國的香料看來是走航船運來的，「越香」可能就是「沉香」吧？那真是華麗且貴氣的「貿易場」啊！

其實，「經提煉的香」或「用來焚燒的香」固然可貴，而天然簡單的花香不是處處皆可聞嗎？但在《詩經》中說完「桃之夭夭，灼灼其華」之後，就立刻跳到「之子于歸，宜其室家」去了，全然沒什麼「香的意識」。花的芬芳和美麗只是襯景，詩人真正想說的其實是婚姻和家族的和睦。唐代詩人卻進化到有餘力去細細描繪花的清香。

浪定一浦月，藕花閑自香。　唐・李群玉〈靜夜相思〉

說的是夜深人靜，風也停了，平靜的湖面上反映著一大片完完整整的月光，荷花也因定靜而釋出悠悠閒閒的綿長花香。

說到荷花，說到花香，就想起唐代所盛行的佛教，佛教有一奇怪教義，便是訓誡人不可「偷香」（此偷香與男女之事無關，指的是真的香）。佛教教誨中，僧侶經過荷花池，知道花香正盛，必須屏息而過，才不致偷偷吸入了屬於荷田主人的好香味。中國人說「一介不取」，但來自印度的嚴格宗教思惟（見《指月錄》）卻限制更緊，必須「一息不取」，真是令人稱奇。

不過，我不免因此衍生出另個想法，中國人的香，似乎是「虛」的，印度人的香卻成了「實」的，至少是「半虛半實」的，甚至「實」到可以列為「贓物」的程度。（這，讓我在經過花店，大吸一口野薑花的香味的時候，不免有「我偷盜成功啦！」的竊喜。）

唐代詩人中李賀是個「異類」，他的作品巉峭詭祕而絕美，頗不近綺羅香澤，但他詩中的「香」居然也不少。如：

1. 女巫澆酒雲滿空，玉爐炭火香鼕鼕。〈神弦〉（寫宗教典儀中的香）
2. 香鬟墮髻半沉檀，……一編香絲雲撒地……。〈美人梳頭歌〉
3. 青驄馬肥金鞍光，龍腦入縷羅衫香。〈嘲少年〉
4. 人間春蕩蕩，帳暖香揚揚。〈感諷六首〉之一

其中例一竟以「鼕鼕」（鼓「聲」之壯勢）來形容「香」味之盛勢，這是典型的李賀的特殊修辭手法。

第二例第一句竟設下三個跟香有關的字眼（香、沉檀、香）。

第三例甚至用「龍腦」一詞，「龍腦」提煉自南方樹木（所謂南方包括閩粵和東南亞），類樟腦而溫和芳香，且無刺激性，亦稱「冰片」。李賀在描述「富二代」的貴公子時，認為好像不能少了這個氣味，並且不是「淺薰」，而是「深薰」，深到「入縷」的程度。

第四例的「蕩蕩」、「揚揚」在字音和字義上都有其昂奮且正大光明的好能量。

唐代詩人動不動就會讓「香」字進入詩中，我認為這跟「詩的編制」有關。詩句此刻已演化成七字句了（雖然在這之前並非絕對不見「七言」，而「五言」，也沒有從此絕種）。七字的「地界」大，便可以容得下更多的細節，這就好像住家變大了，便放得下酒櫃一般。當然了，更重要的理由是，香，的確已是一個富裕悠閒的社會中的「半必需品」了。它是「上層社會」的基本配備，在閨閣男女之間，在君臣之間，乃至在神與人之間，甚至在書的扉頁與扉頁之間夾入芸香（有詩為證，李賀的〈秋涼詩寄正字十二兄〉有「披書古芸馥」的句子），都充滿了令人整個生命（近乎動物性的原始生命）都「活過來」的那種覺醒。

現在常流行「穿越劇」，可惜，即使我們穿越到唐朝劇情中，也無法用嗅覺去感知那個馥馥郁郁的盛世王朝了。

多麼令人神往的開元天寶年啊！

（二〇二一·七）

一千七百年前的一個下雪天

母親姓謝，這件事，我們身為子女的當然都知道。但在她漫長的五十六年的婚姻生活裡，她的名字似乎一路從「張太太」升格到「張媽媽」到「張奶奶」，如果在教會，她就是「張姐妹」。至於她自己姓什麼，她從來不提，別人好像從來也沒誰在意。只是，等父親去世後，她好像忽然變了個人，她要我陪她回老家去找家譜，她說她記得日本人來的時候還有的，用樟木大箱子藏在厚厚的三尺土牆裡，中間還修過家譜……，躲過了日本人……

我陪她回去，但那些家譜，一如我所料，全然沒了——唉！後來的迫害者比「日本鬼子」要厲害多了。我陪她回去，只不過為了讓她死了這條心……。母親從此成天念念叨叨：「你外公說的，我們這一支——是謝玄的這一支，寶樹堂，你外公說的……」

家譜沒了，但所幸故事尚在，在書裡。我想起《世說新語》裡的那位謝玄，便不時拿書出來翻翻，好複習一下自身血管中的半腔血統。謝玄年少時，不知為什麼喜歡身上佩著「紫羅香囊」。那香氣想必誇張強烈，而且，還不是藏在隱處，而是大剌剌地用搶眼的紫色絲袋盛著，掛在身上。所以是，既搶眼，又搶鼻。謝玄的叔叔謝安算是當時謝家的大家長，他看謝玄這行為十分不順眼，但，可貴的是，他強忍著不說。其實，叔叔罵姪子，在那個時代哪有什麼罵不得的！但他卻寧可苦等一個機會。有一次，他不知跟謝玄打了個什麼賭，他贏了——而當時賭的便是這枚「紫羅香囊」，謝安於是把贏到手的香囊悄悄燒了。而謝玄好像也懂了，所以居然沒有去弄第二個紫羅香囊來佩帶。那時候，他年少，但至於幾歲？書上沒說，我姑且把他定位為二十歲吧！

謝玄其實並不是「壞孩子」，實際上，「淝水之戰」上戰場的是他，他是一個有才略有氣魄且有風骨的人。至於他愛什麼眩目的顏色或什麼奇特的香味，謝安只好尊重他的「個人風格」。只是謝安鬼鬼地去繳了姪兒的械，而謝玄，也知所收斂。古代有名世家的長輩教化子弟，其實也是挺有一套的。

千年之後，從明朝開始，中國人逐漸逐漸接受了一些西學，其中有些是既時髦又足以傲人的，例如「幾何學」或「開膛破肚」拿掉發炎盲腸的外科手術。但也有些學問卻令人趑趄，例如「心理輔導」，竟也「全盤西化」。不但中國如此，非洲似乎也淪陷。我常想，「輔導」這事能不能「民族自決」呀？能不能不要跟著英語美語的思維走？難道只因兩百年前，中國國力弱了，國庫空了，我們就連好好養大自家孩子的本事也沒有了？非洲小孩如果有大哥大姐叔叔阿姨帶去社群，大跳一陣激烈的好舞，說不定就立刻身心舒泰，什麼憂鬱躁鬱全沒了。

而中國人如果靜下心來讀一讀那本「一千六百年前輯成的《世說新語》」，或請猶太人細讀「三千年前的《約伯記》」，那該多麼叫人驚豔啊！能發現自家老祖宗骨子裡的語言和行為，真令人一字一句擊節讚歎吶！

《世說新語》裡記錄的謝安是個好叔叔，除了「打賭贏香囊」的奇招外，謝安也常做「客廳沙龍的應對訓練」。例如隆冬家敘，忽見庭院中悄然落雪，此時「年輕小屁孩」正人人手捧熱飲一杯高談闊論，謝安卻令諸姪說一句跟雪有關的「聯想詩句」。當天，赫然在座的竟然還有姪女，原來謝安早就懂得「女力」一事了。

結果謝安的二哥謝據的兒子謝朗搶先說了一句：

撒鹽空中差可擬

（「這雪呀，如果一定要打個比方的話，就像什麼人在空中用他的大手掌，唰一聲，撒下一大把晶晶亮亮的白鹽粒子啊！」）

而謝安的大哥謝奕的女兒謝道韞（也就是有時會糢謝玄兩句的那位老姐）卻接著說：

未若柳絮因風起

（「依我看，這樣來形容要比較好些吧，冬天來了，但這雪呢，是冬日裡特有的春之柳絮，白白柔柔的、牽牽扯扯的，經風一吹，手姿妙曼。」）

謝安聽了，只開心大笑，並不打算判定高下。試想，自家人寒天圍坐，有和藹可親且文采斐然又不十分老的長輩作沙龍主人，真是其樂融融。突然下了雪，大家共同搜腸，以求敘述眼前的難得之景，當然不必判優劣（又不是作文比賽）。人在年幼時能有良好的「語言訓練」，我認為是讓心理正常的第一步。我認為凡說不清或想不清「自我狀況」的人，是很難過「常人日子」的啊！在中國，在這個語言豐富的民族中，你就算「目不識丁」，也能把自己的心情說得十分傳神，例如：「我這顆心呀，就像十五個（打井中水用的）吊桶似的——七上八下。」

那個下雪日的「藝文雅聚」，論者多半認為謝道韞贏了，後世因而稱讚有才華的女子為「詠絮之才」。

但也有人做不平之鳴，宋代文評家陳善便以為兩句各有所長。謝朗的句子狀出雪粒的質感，白亮剔透（當然，這也關係到北方士族的南向大遷移，南方的海鹽比較潔白漂亮，不像有些地方的鹽，灰頭土臉的）。順便也提一下，有次我問物理教授劉海北（一九三九～二〇〇八，他是我好友席慕蓉的夫婿），在這個世界上，最透明的東西是什麼？他居然告訴我是「鹽」，這答案真令我既驚訝又敬畏。而謝朗湊巧選上這「最透明」的物體來形容雪，也算直覺力夠強。而且，謝朗的「撒」字也用得好，有其自上而下的，彷如來自上帝或來自造化的一把「超強大力道」。此外，這句子還頗有童詩趣味。

謝道韞的句子則比較婉約柔美，說的不是「雪粒」而是「雪陣」，是「因為風的緣故」（借洛夫詩句）而起舞的「群體」。唯風也是有其勁勢的，所以雪陣在柔和中亦自有其內斂的暗力。

如今，在國際上，中國這邊正漲潮，不知道華人中懂教育的諸多大老（包括陸、台、港、澳）有沒有想過，像心理輔導之類的課程，是否可以乘勢把《世說新語》之類的本土原生種的書放進教科書裡——或者，至少，也將之定為「課外必讀」吧？

我四十年前聽過一次「美國來的徐靜教授」的演講，她認為廟裡的解籤人，也應看作某種心理輔導員。

同理，《左傳》也可以塞給外交系的學生看看。

至於洋洋大觀，產自五湖四海的五千年來的平民百姓的「諺語大全」，應該也可以回鍋一下，重新登場。當然，今人視古，未必句句皆是金玉良言，但如粵語中「牙齒當金使」（指：人「言而有信」，便擁有「高信任度」）或「牽牛下水，六腳齊濕」（指：別希望自己站在岸上，卻叫別人去下水）用粵語念來鏗鏘好聽，真是充滿畫面感的好隱喻，用華人的語彙來作輔導，總比滿口什麼「俄狄浦斯情結」來得順耳吧？

（二〇二一・八）

莎劇掘墓人和自殺客王國維

(1)

莎士比亞如果還活著，今年是四百五十七歲。如果他沒有老年癡呆，那，他的小日子應過得挺不錯。也就是說，他算是少數「有錢的寫作人」。

因為，他是廣告天才，如果有韓國整型醫師工會來找他，他一定立刻替他們想一條絕佳的廣告詞：

上帝為女人造了一張臉
女人卻偏想要另外一張！

光是這句話，就至少值美金一萬元。

(2)

不過，我要說的不是這些，而是，莎士比亞竟有本事讓掘墓人變成「哲學家」，他每挖一鏟子土，都能吐出格言。這件事，發生在《哈姆雷特》第五幕。那時代流行五幕劇，而，好戲在後頭，第四、第五幕常是高潮，或悲或喜，或令人扼腕嘆息或逼人悲憤發狂，都必須在此刻完成。

那一天，哈姆雷特王子回國，途經公墓，見有人在埋人。沒料到，要埋的竟是他美麗的情人奧菲莉亞。

但掘墓人對劇情中的種種背叛、奸詐、權力鬥爭、乃至愛情都毫無興趣，也許因為「職業病」，他（丑甲）跟同事（丑乙）喃喃叨叨的只在一件事，他認為這位高貴美麗的女子根本沒資格來入駐此地。

中國觀眾看到這裡，因為太著意在愛情或復仇的情節上，往往就沒在意丑甲說了些什麼怪論。

丑甲的話其實不難解，卻涉及基督教的基本倫理。

掘墓人丑甲原是極微賤的小人物，卻侉侉其言罵起「準太子妃」來，只因他覺得此處乃是神聖莊嚴的「基督教公墓」，容不得自殺之人來葬身其間。

自殺已經夠可憐了，怎麼還要挨罵？其實奧菲莉亞的死是溺死，至於她是失足、投水，或遭人推下水，因無目擊者，所以頗有解釋餘地，她被從寬解釋而過關，得到一席葬地。

但丑甲卻認為她不配來，也許因為傳言甚多，所以丑甲認為她一定是自殺的，編劇也是如此暗示的。他喋喋不休，念個不停，無非是要說，哼，她之所以擠進來，完全是因為老爸是大官（而且她又是皇后中意的太子妃人選），丑甲似乎對當朝「新執政黨」的不公不義非常不滿。

但，自殺之人為何沒資格葬入基督教公墓呢？因為自殺是犯罪的，是可恥的，四十年前的電影《楊朵》裡也處理過這個問題，此罪甚至令家人集體蒙羞！

而自殺又為什麼犯了大罪呢？因為聖經〈十誡〉中有一條，是「不可殺人」，殺別人是殺人，殺自己也是殺人，都是對一條寶貴生命的不敬和糟蹋。

(3)

人絕對不可殺己嗎？其實也有例外，如宋代詩人謝枋得，因不願仕元，不食而死。又如抗日戰爭中，張自忠將軍舉槍自盡，一則是因為被俘一定受辱，二則是想以此「示狠」日人，讓日本人知道中華多有好男兒，不是怕死鬼。此招後來其實果真讓日本人嚇到！這些，可以算捨身，是「不得已的自殺」，我亦許之。

華人一般不十分有對「天法天則」的崇敬，華人所謂的信教，多半是一場「公平交易」，我作好人，我對家人好，我有時施捨，我初一、十五燒香（當然能搶到「頭香」我也會去搶），如此，請神明護我家道興旺，多福多壽多男子。

但至於「自殺是犯下對天庭之大罪」，華人大概不容易想通。不過，華人卻十分理解另一件事，華人如果因身體不好，眼看要死在父母之前，會非常痛苦內疚，因為：

「我怎可令生我養我之人，眼睜睜地看著我死在他們前面，我辜負了他們給我的生命，我是多麼不孝的有罪之身啊！」

西方傳教士常為很難讓華人相信「自己是罪人」而深感棘手。其實，華人的「罪疚感」好像都給了父母。像下面這樣的訃聞句子，當年不知是哪個天才第一個發明的，那就是：

「××侍奉無狀，不自殞滅，禍延乃妣……」

意思是：

「我××非常不孝，養父母養得太不像話，上天本應該把我弄死才對，卻不知怎麼弄死了我老媽……」

華人所有的罪咎感都給了父母，然後，就不覺得欠上帝什麼了。

(4)

上面說了莎劇中的掘墓人。

接著說了華人如果想自殺便自殺，不覺得有什麼「對不起上帝」的，「我命，我自殺之」，上帝祢老人家就少管我的閒事吧！我又沒去殺祢！

(5)

我發此議其實是因我所敬佩的友人張作錦最近撰文寫陳寅恪，順便帶到王國維，以及他的投湖自殺。王靜安先生的死至今是一疑案，不好猜，猜了怕有失厚道。我想我只能因為一個理由原諒他，也許他得了「憂鬱症」。人若病了，那是無可奈何的，如果不是這個理由，我其實是生氣的。我氣什麼？我氣在大家都窮得快餓死的時候，他卻是個富豪，兩肩背了滿滿兩大麻包的巨款，每張都是千元大鈔，他縱身一跳，躍入火坑，人跟「財」都化成了灰。

有「才」華的人沒有「自殺權」，因為他們有「濟貧」（精神之貧）的義務。

宋代無名氏《釋常談》一書中說到「才高八斗」的典故，說是謝靈運說的，「天下才有一石，曹子建獨占八斗，我得一斗，天下共分一斗」，這句話的數學百分比是否正確，容再討論。有趣的是這話包含了不知是「優點」或「缺點」的某種華語「特點」，那就是「沒有時態」，也不太有清楚的「所有格」和「主受詞」。看起來「才華」像一堆石頭，曹子建下手重，一下子拿走了八成，謝靈運拿了一成，剩下的一成，讓全天下人去撿。

才華是從誰手上丟出來的？用什麼條件獲得？是一代歸一代來算的嗎？否則都給你們魏晉之人分光了，李白杜甫怎麼辦呢？

如果從新約聖經故事來看，才華如錢，家主分給手下，量其才有分五千的、兩千的、一千的。這些手下為全家的用度，必須去經營獲利，否則視為不忠不勤。上天賜人才華不是讓其人擁才自重，是用以服千百人之務的，學者、藝術家雖不是「勞動人民」，但也自有其當服勞之處。

王國維生當亂世，上億中國人正大難當頭。當此之時，往聖待傳，絕學待續，就算受辱受窮不得志，亦須忍耐苟活，否則就是遺棄了其他「平凡的國人」。有才華的人如能使國人在精神上更豐富一點穩鎮一點，不是一種「應該做到的仁慈」嗎？

說到這裡，好像在罵靜安先生的樣子，其實靜安先生十八歲時台灣割讓，那一年（一八九五）他才知道世有「新學」，並去師事了日本老師。五十一歲自盡，著作量豐質精，所涉亦廣，我佩服他極了，卻不免恨他既有才學如此，何不好好再工作個三十年。

我常念他一句詞「偶開天眼覷紅塵，可憐（我之此）身（也不過）是眼中人（那些庸庸碌碌奔來跑去之人）」而黯然久之。

（二〇二一．十）

我來不及跟他說，「習」是一個多麼好的字

——念故人習賢德教授

姓「習」的人不多，我的朋友中卻有一個。

別想岔了，我說的不是「那位姓習的」。「那位」，我一介文人，高攀不上。

我「這位姓習的」朋友是一位教授，在輔仁大學教授新聞傳播，是一位受人敬愛的好老師。

我一直想跟他說一件事，但因見面的時候總是人多，而我要跟他說的那件事卻必須安安靜靜輕聲細語地慢慢道來。而且，因為那算是學術問題，雖然也許只算「輕量級」的學術——而我所謂的「輕量級」，是指一般人只要專心聽，便能聽懂的事——所以又必須帶幾分慎重嚴肅。由於這是一件神聖的事，不能嘻嘻哈哈隨便開口，我便一直在等一個機會，可惜沒等到，不料疫情期間，他因心疾發作，遽然走了。

我想跟他說的一番話，如果要訂個題目，那便是：

「喂！你知道嗎？『習』，這個字，是個很美麗的字哦！」

「習」字為什麼美麗？

小時候不懂事，很為自己姓張而不高興，姓藍姓白多好，或姓司徒也不錯，姓張怪俗氣的。但這又是不可改的事（煩啊，「張」是中國人口中數一數二的大姓，在我看來，也不過是「生育力」特強而已）。而姓「習」不同，「習」字是極有深意的一個字。

古代中國人，不讀書便罷，如果讀，除了《三字經》、《千字文》、《幼學瓊林》這幾本歌謠式的「幼兒教科書」之外（事實上，這類書出現得也很晚，應該說是近古之人忽然發現了「摘要普及本」的好手法），真正的古代啟蒙的書其實是《論語》。

順便也說一下，《論語》算思想教育、人格教育、價值倫理教育的經典。

此外，我也想順便提一下「作對子」，那是古時小孩的「文字及語法之美學」的教育。學生在其間學會了平仄抑揚的交錯，動詞、名詞和形容詞的比並對稱，剛柔虛實的互相映襯，以及「物」「我」相融相合的巧妙隱喻。林則徐幼時登福州鼓山時就有一聯驚動了塾師：

中國文字和聲調的美學，可在幼年學作對聯時達到極致。

好，我再回過頭來說「啟蒙書」《論語》的第一句：

子曰：「學而時習之，不亦樂乎？」

這一句，其實非常「白」，如果跟五四那批提倡白話文的諸君討論，這個句子其實很「容易懂」（不知該不該算「文言兼白話」），它至少比六〇年代台灣某些才子的「現代詩」好懂。所以，這句話幾乎不用後世專家來加注釋。

不過，有一個字例外，就是那個「習」字。學者注意到了，所以，它成了中國最重要的一部書中的第一個須要慎重其事來加以註解的一個字。

「習」字出現得很早，它在甲骨文時代就現身了。一般平均而言，甲骨文的字多半描述具體事物，至於表達抽象觀念的，則比較難得。

「習」的上半部，很明顯，是「羽毛」，或說是一雙翅膀。下半部，則是「日」。

這個「習」字，不單是一幅畫，更進一步，它根本可以說是一部有連續動作的紀錄片。為什麼說它是紀錄片？因為振「羽」而飛是有形的可見的「簡單動作」，「日」，則是持續的好一陣子的「時間」——一天一天，一天一天，日日勤練，終於擁有了展翅雲空的本事。

這過程，因有其延續性，豈止是靜態的象形文字，當然已經可算是部紀錄片啦！

下面，就是在《說文解字》時代（漢代）以及其後的學者都贊同的說法，我現在來「把它說得更淺白一點」——哎，這件事，其實就是我一輩子都在做的工作呀！

什麼是「習」？你且去看鳥，鳥會飛，但鳥也不是破卵而出的那一剎那就會飛的，牠要跟著老鳥，牠要學著，用笨笨的動作搧動牠那軟弱的翅膀。哎呀，不好了，牠跌下來了，老鳥趕去救牠。牠又搧翅膀，飛了一小段，飛得不高，沒關係，今天到此為止，回家多吃幾隻爸爸媽媽抓來的小蟲，貯存點力氣，明「日」再來練。如此「一日加一日」，咱家小乖一定會飛得比爸爸還高還穩。對了，作為鳥，我們是有翅膀的，老天給了我們翅膀，又給了我們天空，而我們要做的，就是「日」復一「日」地練習，日日練，時時練，我們就能飛得高、飛得快、飛得平順、飛得漂亮。

《禮記．月令篇》裡也有「鷹乃學習」的句子。

不單鷹，千里馬剛生下來的時候也是站不穩的，牠站到一半，腿軟，忽然就跪跌下去了。民間語言給這動作取了一個極美的動詞，叫「拜四方」，意思是說，就算是畜類，也要對牠未來寄身的大地先行致敬。不管「拜四方」還是「拜八方」，總之，幾次之後，牠便終於站起來了——然後，牠站得直直的，然後，牠會走，牠會跑，牠成了追風掣電的千里馬。

「習」，這個中國第一重要之書的第一個被詮釋的字，真的是個好字。作為人，或作為任何生物，我們都要努力學習，讓上蒼所厚賜的源源不斷的潛力可以發揮到極致。

後記：

1. 習教授雖然走了，但他尚有後人，願他們都寶愛「習」這個姓氏。
2. 不姓習的人，當然也可以用「論語第一句」自勉，在道德和學問方面溫故而知新。
3. 我和習教授之所以成為朋友，是因為陳懷。陳懷於一九六二年死於U－2空難，他是我同教會的「弟兄」，是我尊敬的朋友。習教授曾於十年前出錢出力帶著學生去研究陳懷，並製成影帶。我十分欽佩他對一個非親非故、大家都幾乎忘記的人盡上這分心力。

4. 希望「習」字不要因偷懶而寫成「习」字，光有羽毛而少了「『日』『日』勤練」是不行的，何況這種「簡化」，連翅膀也只剩下一隻了。唉，翅膀還是有兩隻比較好吧！

（二〇二二．二）

我最像乞丐的那一天

八年前，二〇一四年十一月三十日，中午十二時半，地點在中山北路二段錦州街口，有一段我生平看來最像乞丐的十分鐘鏡頭。

事情是這樣的：

那天早上七點十五出門，我看來倒是人模人樣的，因為我要去的地方是教堂，所以穿得中規中矩。本來做禮拜不需那麼早，但因台北市人口稠密，很少有大面積教堂，多半是中小面積，我去的那間算中面積。這類中型教堂的策略常是把一個禮拜天早上分成三個時段，信徒可以選擇在七點半、九點或十一點前來。我那天選擇七點半，是因為接下去九點鐘還有個學術研討會，兩個地點如果順利，五分鐘車程就到了。

其實那天的研討會和我可說沒什麼太大關係，因為討論的主題是翻譯，而我並不從事翻譯。如果勉強硬扯，倒也可以說我平生做的很重要的一件事便是為學生把文言翻成白話，有時也包括把古詩詮釋成現代詩。人家要討論的是中外之間，而我做的是古今之際。華人在英美國家讀博士，要修個第二外國語文（其實我們老中也有這規定，但凡我華裔，都有「虛應法規」的本事，一般都草草矇過），而如果你懂「古英文」（所謂「古」，不過是指公元一千年）就算通「另一語言」了。啊，中文如果依此邏輯，則宋朝可以劃一段落，漢代又不妨算是「另一語境」，東周、西周亦頗與今人「各自成面目」。這麼說來，通文言文的人簡直可以看作另通三國語言呢！

麻煩的是，中文不管是五百年前還是一千年前或是三千年前的資料，國人皆在似懂非懂間，你還不能算它是「不可解的另一語言」。中國的視覺文字有其「超穩定性」，讓我們有辦法隨時出發去做「巡古探險」。運氣好的話，像「鼎」這樣在甲骨文時代就存在的字，居然好端端地活在閩南話裡，意思也仍然還是「鍋子」。至於它的象徵意義如「鼎鼐」或「問鼎」則比較活在文謅謅的書本裡或古典戲詞裡。

所以，無論「中外之間」、「古今之間」、「方言和官話之間」，都有一番需要互翻互譯的地方。

因此，我便理直氣壯報名要去參加這天的研討會了。何況它的主辦單位是「筆會」，而我當時是這個單位的理事，自家的事，理當捧場。大會還有另一個協辦的單位，便是台泥公司，台泥故世的當家人是辜振甫，辜的妻子是辜嚴倬雲，這次大會的場地和費用都是辜家基金會出的。嚴氏為什麼答應贊助這次的翻譯研討會呢？因為她本人是「清末翻譯家嚴復的女兒」。衝著這件事，我也會要來報個名，以示對前賢的敬意。而且，住在台灣的人，理當對福建籍的學者——如嚴復——多存一分認同和尊重，因為大部分的台灣居民其祖先都是福建來的。

好了，其實還有一個理由，就是會場。我小時因家住撫順街，這條街垂直於中山北路二段（那時四段、五段、六段、七段都還沒出生），英文的《China News》就設在這裡。那時中山北路非常神，美國大使的住宅便在此，財政部也在此，而台泥大樓在東側。當時國賓大飯店尚未平地起高樓，所以，我當年從外雙溪的東吳大學要進城的時候，一定要經過中山北路，也一定會瞻仰一下這六層樓的大廈，我對它不免有份特殊感情。今天能坐在這棟長大長高為十五層的台泥大樓的禮堂裡，對我也是一份有淵源的殊榮。

而那天的研討會也的確未令我失望，然後，中午到了，中午每人領了一個飯盒，是有點昂貴的那種。此樓位近林森北路，而林森北路頗有美食街之名，有美食則是因為多年來日本觀光客愛在此處消費，養出許多口碑不錯的小店（至於老日為何愛來此流連，我就暫不加說明了）。那天因地利之便，大會準備了相當精美的午餐盒，我才扒了一口，手機就響了。

「我是孫△△呀，我先生和你先生現在都坐在我車上，還有一位黎女士，她是黎烈文的女兒，黎女士是這兩天從美國回來的，我打算帶她去圓山飯店去吃午餐，你要不要上車一起去，反正順路！」

我考慮了一秒鐘便回答她：

「你把車子在中山北路台泥大樓門口停一下，我出來，但我不上車，我的目的是想看一眼黎女士，飯我不吃了，因為下午還有幾場論文發表，但黎女士，我一定要看……」

「吃個飯很快啊，一起來嘛！」

「不行，我們中午休息時間很短，下午的發表會我還是要參加的……」

說著，我就抱著餐盒從台泥禮堂下到中山北路的台泥大門口。禮拜天，街上人來人往，我便坐在台階上匆匆吃飯盒。

唉，此刻如果有個熟人經過，看到我抱個餐盒坐在路邊大嚼，一定大吃一驚。而母親如果仍在世，看到我這副德行，一定開口痛罵：

「成什麼樣子！你是要飯的嗎？」

我想我也不管別人了，今天的事，我只有三個選擇：

第一，不管下午的研討會，跟著朋友去圓山大飯店吃好的，而且，可以聊天聊得很愉快。

第二，不管黎女士，自己穩坐在台泥大樓的貴賓室裡好好吃高級餐盒，我平日的信仰是

「認真吃飯，是一個人對自己身體的基本禮貌」（可惜常常想歸想、做歸做）。

第三，大餐也不吃，飯盒也不吃，見完黎女士就立刻上樓去開會，肚子，就由它餓著。

但我做的選擇卻是在極短的時間內吃完飯，而且，我一定要看到黎女士，而且我下午開會一定不遲到。這種選擇讓我只好坐在台階上，一面吃一面等……。

我把飯盒吃完了，孫教授的車子也剛好停在路邊，我跑上前去，見到了黎女士。她是一個樸素可親的女子，年齡與我相似，跟我預期的差不多。我本來就沒打算拜見什麼風華絕代的高人，我只和她拉著手說了幾句話：

「謝謝你的父親黎烈文教授，他為我們那一代的讀者翻譯了許多好東西。我記得十二歲那年的一個週末，我從北一女圖書館把《冰島漁夫》借回家的時候，那心情真是好得要命呀，好想跑去告訴身邊的路人說，『喂，你知道嗎？我書包裡有一本《冰島漁夫》，是世界名著哦！』」

唉，那天，跟黎女士見面的那次，真是奇妙的一天，退了休的我變得像個熱情小文青。其實，我在這世界上該感謝的人很多，但能有機會當面道謝的機緣卻不可多得。能讓黎烈文的女兒知道我對她令尊大人的感謝，對我來說真是一件意外的多出來的幸運。

所以，這件事如果弄得我看起來像個落魄乞丐，我也沒什麼好在乎的，人家釋迦牟尼佛還真的在舍衛城行乞過呢！至於「比丘」那個字，在梵文原文竟也是「乞者」的意思，而「乞」分兩道，乞法（真理）或乞食物，這兩種乞都不是什麼見不得人的事。

（二〇二二・三）

寧波・鴨腳・吳服・唐辛子・日本

二〇〇六年台灣有位旅遊作家出了一本關於日本京都的書，很為讀者所欣賞。十六年後，也就是今年，改版再出，我讀了新版序文，也想來說幾句。

作者那一段序文是這樣說的：

除了看極多的日本片外，……我是個寧波人也有點關係。……寧波人的港口，很易見日本的貿易，而器物也會流通。寧波的外海，原就多見日本的船隻、海的另一面的那個國家，他的風俗，他的漆器、甚至醃魚，甚至他的海盜，自宋明以來，相信寧波人早就有了解。宋時日本僧人在中國修行佛學後，返程常在寧波等待上船。據說他們會買木雕佛像，帶回日本。而寧波也有高超的工匠。後來清末赴日的留學生，寧波紹興原就極夥，不只是魯迅、周作人兄弟，不只王國維等人而已。

很有趣，作者寫日本京都，竟忽然跳到自己是「寧波人」的因緣上去了。作者看來並沒有特別下工夫去鑽研什麼「中日海上交通史」——文學作家本不必管這件事——但憑著寫作者的敏銳直覺，他感知到寧波和京都似乎有某種襟帶關係。

作者算來是一九五二年在台灣出生的，應該沒有對於寧波地方的幼年回憶。那麼，也許是看書、看老照片，或聽老人口述，也許一九八七年（我們這裡合法赴大陸的年代）後在寧波看到了「現代寧波」。但無論如何，他把寧波和京都的互動說得入木三分。

五四時代的文壇大將陳獨秀曾痛罵一切舊時代的舊東西，當然包括春聯。他非常鄙視那副「生意興隆通四海，財源茂盛達三江」的春聯。唉！這些知識分子哪裡知道，其實他們口口聲聲說要關懷勞苦大眾，但勞苦大眾最急著做的就是「賺錢養家活口」這件事呀！而在這副陳獨秀厭惡的對聯中，「三江」兩字指的就是這座火紅火紅的城市——寧波。寧波兩字在其他地區華人眼中看來幾乎等於「充滿『會賺錢的人』的地方」，寧波靠水來「發」——「發『財』」。

都說上海繁榮，但十個上海人中至少有五個來自寧波。

而春聯吉祥話裡的「三江」真要追溯起來，中國全境各省加起來不下二十個「三江」——

但很顯然，跟賺錢有關的「三江」好像只能是寧波的那「三條江」。「寧波」望文生義，跟「寧海」、「鎮海」、「臨海」、「上海」類似，是指一座近海的城。寧波人日常向老天爺說的祈禱詞大約是「不要讓我行船時被海難淹死」——其他的，能幹的寧波人自會料理，不勞神明。

寧波這座近海的城曾是日本僧人、生意人和文化業者極重要的口岸。二十世紀六〇到九〇年代，香港有位王敬羲以盜印台灣作家的作品為生。而其實早在唐朝，日本商人已經很先進地早就盜印了白居易的單篇詩作去賣錢，生意還挺不錯的。一千三百年前沒著作權概念，白居易也無可奈何，他只抱怨日本賣家選的作品不是他自己最滿意的。

不過，日本文化商人想來應是很厲害的角色。白居易雖不太高興，但就商人角度而言，他們才不管你哪一篇詩寫得比較深刻。相反的，對他們而言，淺俗的才好，愈淺，愈好賣錢嘛！

我猜想，當時「漢詩出口」的登船地點很可能就在寧波。

還有一件事更好玩，日本人叫辣椒為「唐辛子」，讓中國白白撿到一項功勞。辣椒明明就來自南美洲，叫它「哥（倫布）辛子」還差不多！但，我推測，那時候剛好趕上日本的鎖國時代，日本商人就跑到中國來轉買外洋奇貨吧！我猜，這辣椒——不，這「唐辛子」——上船的地點很可能又是寧波一帶。

除了唐代詩作、香料外，由寧波港外傳至東洋的還有三國時的紡織技術。日本人的傳統服裝我們稱之為「和服」的，日本人自己卻叫它為「吳服」。

怎麼會是「吳服」呢？唉，這事真是說來話長。這「吳」字指的是三國時代的「吳」。當時日本有個「應神天皇」，他派遣特別使者「阿知使主」前往中國，想去請一位吳地織女來做適合天皇身分的華服。不料求才不易，把個活天皇等到駕崩了。幸運的繼承人「雄略天皇」卻等到了（算來，他應該是日本皇家史上第一位穿得最體面的天皇）。而且，帶回來的是兩個，一個是「吳織女」，另一個是「漢（此漢指曹魏）織女」，當時大家都更喜愛「吳織女」的精工，「漢織女」就沒人再提了。吳織女成了「吳服大神」，供在「吳服神社」裡受祭祀。她的頭銜很長，因為用現代人的說法，她身兼紡織和蠶絲業，加上服飾設計和成衣工廠，她甚至管音樂，因為琴絃也離不了絲……。但最令人感動的是日本十七世紀有一首「謠曲」，曲名就叫《吳服》，詠唱這位遠從中國吳地來的女子，她怎樣一面紡織精美的絲緞來為天皇做皇袍御衣，一面不斷悄悄流淚，因為想起故土……

所以，我想，日本人很可能跟江蘇、浙江一帶沿海文化有某種親密關係吧？「吳」本來指江蘇南部，「越」則指浙江，但漸漸地，吳越不太分了，至今一般人還常把「江浙」混為一談，例如「江浙菜」、「江浙口音」。

更令我驚訝的是，中國江南一帶（如無錫、宜興、寧波）從前稱白果（即銀杏）為「鴨腳」，指的是銀杏葉子形狀方面的聯想（可惜現今會用這種「地方性語言」的人太少了）。叫銀杏為「鴨腳」是因為那左右對稱的葉片很像鴨蹼。有時為了區別，則稱銀杏樹為「鴨腳樹」，而果實則稱「鴨腳子」。但銀杏樹或銀杏果都是宋朝以後才比較流行——對，沒錯，植物也有流行——應該說，等到此物到處都在栽種，到處都看得到、吃得到，就會流行。銀杏列入上貢物品，也從宋朝初年開始。所以，唐代詩人沒用「鴨腳」這種南方發明的「白話詞眼」，而宋代詩人如歐陽修、梅堯臣（梅聖俞）、黃庭堅、陸游、楊萬里卻都吟來很順口。「鴨腳」兩字十分庶民，視覺聯想也強，用當地方言來念，發音明亮清脆，令人聽了立刻心生歡喜。

奇怪的事又來了，我們的芳鄰日本人除了把我們叫做銀杏樹的這種樹寫成銀杏之外，居然也照吳地的方言，很親切地叫它一聲「鴨腳」。

我請寧波、無錫、上海一帶的朋友幫忙發音，他們念的聲音分別是「阿（鴨）家（腳）」或「阿（鴨）蹶（腳）」，而日本的發音則是「i-chyou（宜舅）」。

京都和寧波和中國南方海港之間應該曾有某些我們不十分瞭然的緊密牽連吧？一個寧波人到了京都會覺得「處處眼熟」、「處處耳熟」，也許並不是件偶然的事呢！

後記：

最近（二〇二二年三月）台灣某鄭姓立委說，國文老師不應該讓學生讀古文，以免浪費年輕學子的青春。哎喲！這項罪名還頂大的呢！我因為寫此文，頗找了些跟「鴨腳」有關的詩，這些詩從幾百年前到上千年的都有，也算挺古的，那位委員老弟（叫他一聲老弟，是因我也曾作過立委）不知會不會罹我入罪？唉！多麼希望我此刻能夠重返青春年少，多麼希望趁著少壯可以把歲月盡情浪擲在更多的美麗的古詩文上，那是多麼不會令人後悔的選擇啊！

但此時此地（也受篇幅所限），原選了十二首，現只列一首如下：

梅聖俞寄銀杏　北宋・歐陽修　至和元年（一〇五四年秋）

鵝毛贈千里，所重以其人。
鴨腳雖百箇，得之誠可珍。
問予得之誰，詩老遠且貧。
霜野摘林實，京師寄時新。
封包雖甚微，採掇皆躬親。

物賤以人貴，人賢棄而淪。
開緘重嗟惜，詩以報慇懃。

再者，廣東人有道小小名菜「髮菜燴白果（鴨腳子）」，非常家常而美味。髮菜口感爽利奇特，白果則淡香微苦。兩者雖皆素菜，我猜背後是有高湯撐腰的，所以清爽中有腴美，過年時尤其受歡迎，因為「髮菜」和「發財」同音。可惜後來髮菜被採得太猛，令它幾乎滅種，所以忽然變成環保禁忌食物。本來二者黑白映襯，算是絕配，現在白果則要自己去闖天下了。它可以入湯（日本湯品「土瓶蒸」會小裡小氣地放上一粒），也可以用烤箱或炭爐煨烘直接吃（最好先敲出一條小縫，避免烤時爆炸），皆算美食。它的獨特苦味令人入迷，如同偶聞高僧說法，不免驚詫其平淡苦澀中另藏深意。

新加坡籍的王潤華教授亦有文提到他在日本和美國看到的銀杏樹和落地的白果。這原生於中國的古老樹種是怎樣遠渡重洋，像鑑真和尚，去度化異域之人的呀？

（二〇二二・五）

輯四／十八個「阿嫂」

我家也有十八個「阿嫂」

林青霞的豪宅失火了！前後連燒了八小時！好在影后當時不在家，隔天新聞因為有日本政壇的槍殺案，所以只小小報導一下。但，第三天的後續報導似乎更驚人，原來這豪宅裡請了十八位阿嫂。

香港市民一時大為驚訝，台灣亦然，我的丈夫也是屬於想不透這件事的「小市民輩」：

「怎麼會呢？怎麼會一棟房子要請十八個佣人？」

「哼！這有什麼奇怪，我們家雖不到她的百分之一大，但我們也養著十八個佣人呢！」

「你說我們家？」他不解。

「對，我們家，我們家也有十八個『阿嫂』，每天都有三十六隻手在做事，但這十八個『阿嫂』都不拿錢，都白做工，所以我還養得起——她們每一個人的名字都叫『張曉風』。」

「唔——」丈夫不說話了。

「我告訴你！」我趁勝追擊，「不管是豪宅，還是平民住宅，哪間房子不需要人力來打理？你信不信，如果人手不足，兩個月下來，豪宅就可以變狗窩。」

「好了，好了……」他的意思是叫我適可而止別再多說了。

我於是只好拿出紙筆，把這十八位阿嫂的繁忙公務事（家事我常稱它為「公」務——但其實，它經常是「母」務）一一道出。事實上，從管理學角度來看，如果有十八個人馬，則至少要另請兩位領隊，人家部隊裡不就差不多是九個人一班嗎？不是有首軍歌就叫〈九條好漢在一班〉嗎？

第一號阿嫂，她「被委以極重大的責任」，那就是「除塵」。在我看來，上帝造伊甸園，其間本來大概是「無塵的」，何以見得？因為伊甸整個規劃根本就是座植物園，樹多草多自能剋飛塵。四川某山上叢林深處，就有一座佛教的「無塵殿」，據說連樹葉都不往這殿的屋瓦上落呢！

世上的房子，最豪華的大概就是皇宮吧！最貧陋的呢？應該就是王寶釧住了十八年的那種寒窯了。但相較之下，如果皇宮因為屋主下落不明，年久失修，不免積塵盈寸。而寒窯，因為王寶釧手腳勤快，倒是打掃得乾乾淨淨。有時還會出租給電影團隊讓他們在此出外景呢！

所以，如果我身為投宿一夜的旅客，要我在兩座旅舍中選一座來住，則我寧選一塵不染的寒窯，而不選灰塵嗆人的皇宮。

「灰塵」跟人類天生犯沖！也許它令人想起自己「出於塵」（這一點，有人信，有人不信）而又必然「歸於塵」（這個，卻是非信不可的真理）的一生軌跡。

年輕的時候，參加過救國團所辦的營火晚會，在閃躍不定的光影中，聽一位寫詩的朋友（或許一時還不能算他為詩人）說他的人生夢想：

「一間書房，不用大，但一定要──『窗』『明』『几』『淨』。」

後來，他就早逝了。我已不記得他的音容和笑貌，卻記下了那四個字中近乎斬釘截鐵的對人生的簡單慾求。

唉！他說的事，我慢慢懂了，其實就是想要一個無塵的、清明的、封閉小世界，讓自己躭享一些潔癖者的喜悅。這事影響了我，讓我成年以後每到一個新地方，常常忍不住就想用這四個字去檢驗周邊環境，但合格的，幾乎沒有──其中，我自己的家尤其不及格。而，凡我所看到的窗明几淨的房子則必是屬於商業大公司的辦公室。大公司不管玻璃多大（大約二人高），而且不管位在二十樓、三十樓或五十樓，他們都有辦法可以找到自備雲梯的「高樓專業擦玻璃的清潔公司」，去把大樓玻璃擦到晶明透亮，光燦驚人。但奇怪的是，大公司的窗雖明、几雖淨（附帶的，連他們的大理石地面也如鏡子般光可鑑人，比我家的白瓷飯碗還更顯乾淨），但不知為什麼，這看來看去應該是「近乎絕塵」的地方，卻令人忘其明淨，只覺其寡冷侵人。

唉，暖性的「窗明几淨」不知道何處有？或許日本料理店庶幾近之，但他們太愛用紙門，於是，就「明」不起來了……

如果真有個天堂，如果天堂門口真的站著一位天主教所說的司閽者聖彼得，則我行到關口處一定要小心多問他幾句：

「請問，貴處有沒有灰塵？需不需要像台北市一樣每天要掃好幾次地，擦好幾次桌子？而且，除塵這件事，在這裡是不是仍由像我這種老阿嫂來執行——如果是的話，對不起，我就不想進去了……。嗯，至於我要去哪裡，你也就不必管了。反正，塵煙、塵霾、塵泥、塵滓……，我這輩子是跟它們過夠了，再也不想跟它們繼續混下去了……」

至於阿嫂二號，她所擔當的「大任」是「倒垃圾」，她比較幸運的地方是可以「週休二日」，因為台灣週日和週三不收垃圾。麻煩的是，週四和週一的垃圾因此就加倍沉重。

好在不必倒馬桶——不管你伺候的主子是不是賈寶玉或林黛玉那種如神仙或如王子公主的人物——真要為他們倒起馬桶來，想必也還是令人十分作嘔的！順便說一句（也許你不信），

《紅樓夢》裡的大小人物竟常會隨地解小便呢！好在他們家園子大，而且地上是真真實實的泥土，土能剋水，小便入土，過一會兒也許就不太臭了。

出生於二十世紀的都市人，我常一廂情願地發「思古之幽情」，但只要一想到前人必須處理人體排泄物，也就覺得現代世界有抽水馬桶可用畢竟還是挺幸福的。

「排泄物」這劫，二號阿嫂算逃過了（雖然有時不免要刷刷白瓷馬桶），但「廢棄物」卻躲不過。例如蛤仔好吃也好煮，但家裡必須要有「某個人」，負責把蛤仔的外殼拿去丟掉，只要一天不丟，它就立刻發臭給你聞！

所以，這第二位阿嫂要打理的「垃圾工程」可也不算小事。其中會髒會臭的東西固然噁心，但連「雅」的也不是很好處理——想想那陶淵明，他的日子過得結結巴巴近乎挨餓，但他一輩子不曾費心把一堆舊報紙、舊雜誌、舊文件捆好，趕在幾點幾分之前拎下樓去，作為「回收再利用」的資源垃圾。

哦，對了，別忘了，記得進天堂之前一定要嚕嗦一點，追問詳細一點：

「請問，這裡需要處理『排泄物』或『垃圾袋』嗎？如果要——嗯，我看，就算了！這張入場券我不要了！」

咦？不是說家有十八位阿嫂嗎？怎麼才說兩位就停了？——唉，因為第三位阿嫂有急事，她得趕快去付帳——要不，家裡遭人停了水或斷了電，那可就不妙了。

所以，只好暫時叫停一下囉！

（二〇二二．十）

棄物

哎，上次說到哪裡了？

哦！繳費，對了，繳費此事倒是快，問題是必須記得住。如今也有自行輸入款項的，但不免讓人有點擔心，不知道機器會不會像人，時不時竟會耍個詐。此事不算太累人，只要找到信得過的助手。感謝上帝，三阿嫂有個可靠的助理，換言之，三阿嫂是大丫頭，她還得另聘了個小丫頭（當然囉，既云「另聘」，「大丫頭」就得要去籌錢來付給「小丫頭」）。

——所以，我們還是再回頭再多談一下「垃圾那檔子事件」吧！原來我以為倒垃圾只是件低下的勞力的工作，所以，姑且以慈悲之心應之。為免另外兩個家人的麻煩，我就「善者多勞」好了。不料，及履其位，及執其事，才發現此事也頗需要一點腦子呢！

麻煩在於台北市的垃圾是分類的，表面上看起來要分類不難，分別裝在三個袋子即可。其一是廚餘，如剩飯剩菜。其二是可以回收再利用之物，如報紙、舊鐵鍋、塑膠罐子、紙盒子。

其三是一般垃圾，如灰塵、頭髮、香菸頭、衛生紙。但凡事一涉分類便須判斷，而判斷之為事，其學問大焉。譬如說西瓜皮可以給豬吃，算廚餘沒錯（在台灣，廚餘的功能是作豬食）。酪梨（港人叫它牛油果）皮雖然很薄，應該不夠豬塞牙縫，不過豬大概也不太在乎。但酪梨那顆圓大的種子卻不可以給豬吃，豬如果傻乎乎地吃下肚，牠就會拉肚子，豬的主人和豬都不知禍端何在？此事背後的學問可大了，原來一般果實的核（也就是它要賴以傳宗接代的寶貝）多具微毒，野生動物或用直覺或透過經驗分析歸納，便知道「吃它的肉，可以」，「吃它的核，會肚子不舒服」。但家養的畜牲比較笨，便傻傻地吃下，並且傻傻地拉肚子。

唉，此事何以然，這立刻涉及到植物學乃至神學問題。「神學」，華人聽著不算什麼，但至少在英語世界，牛津、劍橋、哈佛、耶魯……，其設校之初的焦點皆是想要研究「神學」，也就是華人說的「究天人之際」。

而酪梨種子或其他種子又怎麼啦？原來由於「不明者」的「聰慧設計」，種子皆具微毒（但加熱煮熟則毒性多半會消失），種子為何如此「包藏禍心」？原來植物希望來吃其果實的動物只取其肉，而棄其核。這樣，它才有辦法傳子傳孫。

果肉，或者只是它報答對方的小禮物。

至於這個聰明的「交換互惠政策」是誰設計的？是石榴樹、李子樹、西瓜、冬瓜自己悟出來的呢？還是由上帝主其事？這答案就靠各人自行決定了——簡單說，這是神學議題。

好了，對於一個一週要倒五天垃圾的我而言，倒垃圾之前還要做生物學功課，真是「戛戛乎其難哉」！

此外，由於懶惰，我常「順便」問親戚朋友：

「你知不知道，花圃中掃出的落葉，應該怎麼處理？」

答案不一。

有的說：「我不知道，我家沒落葉。」

有的說：「你晚上悄悄去倒在公園樹下，它就自己化入泥土了。」

天哪！這是什麼賊政策，人人如此，這還得了？公園三天就可以變成「落葉及枯枝的公墓」了。

有的說：「不是可以買『付費垃圾袋』嗎？照一般垃圾處理就好啦！」

唉，那些垃圾袋很貴，而且，它們的命運是投進「焚化爐」——但一進爐，就有「製造汙煙及粉塵」的後果。人家落葉明明是可以肥田的好東西，卻拿它去進爐，豈不荒謬？但我又沒田可肥，真令人焦慮啊！

其中，還有一個「解惑者」乾脆說：

「哎呀！你別再東問西問了，我告訴你，『沒辦法！』，絕對沒有解決方案！你相信我，去買垃圾袋吧！記得買超大號的！」

我於是痛下決心，自己去找市政府，他們才是正主子，在親友間胡亂問東問西不是個辦法！於是打一九九九，經過五六道「機器人聲關卡」，終於和一個叫「人」的對象說上了話。我急著把困難說了，對方要我提供一切個人資料（難道怕我在落葉中偷放炸彈嗎？），又給了我許多密碼（我恨死了那些數字）。過了一小時，終於有個人打電話給我了，他告訴我，明晨九時以前，把裝落葉的大袋放在自家門口就行了。我連忙補問一句：

「先生，請問你貴姓？」

「我姓連，連戰的連。」

我大為感動，哎呀！竟有一個叫「人」的生物來跟我說話呢！並且保證明晨的服務，這人還有姓，想來是「真人」了（哼，別笨了，搞不好機器人也都東施效顰，紛紛給自己取了姓氏和名字）。當天我等不及九時，半夜三時就把「貨」送下樓去了。

而第二天，落葉也真的消失了，我感激涕零！

作為「倒垃圾的人」，其難，不在要有手勁，能拎它三袋重物，在於如何讓棄物各就各位、各展其長、各竭其力。這件事，在我看來，並不比量材而用人的行政院長為輕鬆——雖然，一個面對的是濟濟眾才人，另一個面對的則是身遭拋擲的廢棄物，但其間的道理應該是一樣的呢！

不過，最後，附帶來說點愉快的事吧，想當年，一千三百多年前，六祖惠能自廣東出發，越韶關，經江西，到曹溪求道（為了向先賢致敬，我曾兩手各拄著一根拐杖，親去爬這條跨省山路）。及至入寺，見了五祖，也只落得在廚房中舂米，但舂米並無礙求道，人家厲害，還是了悟了。只是，我想，舂米不算什麼，但不知哪一位高僧是「專倒垃圾的」？古人倒垃圾有點難，因為沒有垃圾車來收……。不過古人生活裡根本就少有垃圾，因為沒有塑膠。這是我每天執行垃圾任務時縱容自己的一番胡思亂想，倒也有趣。

我搭著電梯，從六樓到一樓，短短十秒鐘之間，我把我家製造的問題推給了市政府，實在慚愧。我對自己說：

「你呀，你知道嗎？你有一天也會像一包廚餘——廚餘是讓豬吃下肚了，你呢，像莊子說的，在大化的把戲中變成了鼠肝蟲臂。或者，你不入土而入火，你進了另一種焚化爐，在一把烈火之餘，跟其他廢棄物一樣，化成了灰……」

倒垃圾也有好處，不必遠攀韶關、大庾嶺（像六祖惠能），亦自能大澈大悟。

（二〇二二・十一）

園圃女丁

國人的語言組合，不知何故，好像非常偏好「四字一組」的結構。例如「平上去入」算四聲（其實明明是五個聲，而不是四個聲——因為「平」分陰平、陽平）、「生老病死」、「喜怒哀樂」、「起承轉合」……，其中有個「士農工商」是指百行百業。說來實在有點不合理，世間庶民萬千，哪能用四個字就說完了？譬如說農，就可以分出上百甚至上千的各種農（中國古人至少不知有酪農），孔子就曾對他的學生樊遲說：「論種地，我不及老農夫，論種菜，我不如老圃。」可見農人這行也是挺複雜的，如果加上養魚的、養豬的、養雞、養羊、養鴨、養鵝的，所謂三百六十行，絕不是一個「農」字了得。

且說這四個字的小型組裝，如果是英文，只要在後面加上er，就是指「從此業者」了。但在中文，「士」的後面必然是「子」，「農」的後面則是「夫」，「工」的後面是「匠」，「商」的後面是「人」。

還有些重要的行業也不知該怎麼分，譬如說奴僕或婢女（李賀那麼窮，家中居然也有「越傭」。《漢書》裡，司馬相如的岳父家有八百「僮客」不說，《三國志》中，蜀地巨富有僮客上萬者。而奶媽，也許是這行裡最尊貴的人，看《紅樓夢》中寶玉那位奶媽的氣燄就知道），他們可是一大票人馬呢！而且他們中還分年齡，如「馬伕」和「馬童」就不一樣。「牧童」則多半指放牛的。但童就代表兒童有工作的權利和義務——哎，說到這裡，我就想，現代人為什麼禁止小孩工作呢？《老殘遊記》開章明義寫王冕作牧童的故事，我真想把現代那些玩電動的小孩都抓去牽牛吃草啊！

我想回頭再來說說「圃」，孔子說的圃，主要是指種菜，但其實圃中也可以種花種果。簡單地說，這個圃，應是人類最古老的行業，亞當從事的就是這一行。他管轄的那個圃叫「伊甸園」。那麼，「圃業者」的詞後要加什麼呢？比照「園丁」，它應該是「圃丁」（唉，普丁如果取中文名字叫「圃丁」那多好，叫著叫著，他就自然平靜慈和起來）。「丁」字是個不算尊也不算卑的字，如兵丁。「丁」字至少比「伕」好，馬「伕」、車「伕」、拉「伕」就找不出什麼敬意來了。

所以，我對自己身任敝宅「園圃丁」一事，倒頗引以為榮。

唉，說到「丁」字，我忍不住想起香港在二十世紀初流行的「丁屋」，「丁屋」是個了不起的「房屋政策」。那時，只要你是個男人，只要你成年了，娶了妻，你就有權利申請一棟平價自住的家屋——一間普普通通的小家庭住屋，有點半買半送的意味，這辦法真叫人羨慕！因為比新加坡、比台灣、比自認是實行「有中國特色的社會（或共產）主義」更直截了當解決了人民的「住」問題。「耕者有其田」是台灣的驕傲，但百年前「住者有其屋」的「丁屋」方法卻顯示了更踏實更有料的基本人權保障。

「丁屋」中的那個「丁」是多麼自足啊！比之「豪宅」，「丁屋」更顯厚道可靠。

說了半天，我只是要說「丁」字真是個好字眼，雖然有點男性中心思維。但中文的好處便是解釋和組合的自由度極大，既然從「男士」可以衍生出「女士」，從「男丁」也不妨衍生出「女丁」來。

繞了這麼一大圈，我要說的是，我在家中的一項重要職務便是「園圃女丁」，這個名字雖怪，卻非常正確。因為我家很小，而都市人的植栽一向只宜放在花盆裡，我竟擁有一百盆植物——大部分是小樹，小部分是花，更少部分是蔬菜。樹可遮蔭，花可剪下插瓶，菜可隨手摘來吃——所以，這「園圃女丁」的工作我是萬萬辭不得的啊！

都市人常養寵物（其實，也算互寵吧！），寵物一般是動物——冷血的和熱血的都有人養。但為大環境著想，養動物不如養植物，因為這樣才有比較好的空氣品質。

大學時代，聽到一句西諺：「人，身在花園裡操作務勞，所花掉的時間，上帝不計入生死簿中。」唉！一切跟上帝有關的話題，好像都可亂說——因為一時很難求證——是也？非也？只好姑妄聽之。但，待有朝一日，真的有幸見到上帝（唉，這句話中的「有朝一日」頗有語病，因為上帝想來穩坐天堂寶座，人到了天堂，應該已沒什麼時間概念了，「永恆」二字大到令人摸不著頭腦，只知所謂「一朝一夕、日昇月沉」都是前塵舊事，無法重提了），如果祂容我提及「園圃女丁」的「特殊添歲法」（不是「減稅法」），我想祂一定笑了：

「唉，女兒啊！你在乎嗎？你已經付出了，要知道，付出本身就是收穫。在烈日下，在寒風中，你澆水，你掃落葉，你抓蟲，你修剪，你看小鳥和蝴蝶和蜂類的停竚……，凡此種種，你不知道我一直都陪著你嗎？你膝痛腰痠還依然做得下去，你以為你靠的是你自己那點倔強和傲氣嗎？不是，是我在親自托著你的腕啊！為什麼？因為，我自己就是園丁圃丁啊！你瞧，我沒去蓋過摩天大樓，但你喜歡的檸檬樹、樟樹或葡萄藤或賤賤的川七都是我的手樂於去親自愛撫的綠色小孩啊，你因是個『園圃女丁』，已經跟我平起平坐，是我的『同事』（co-worker）了。女兒啊，你還在乎那些多活幾小時的傳說嗎？」

我無語，只戀戀回顧一眼遙遠的凡塵世界，以及我種在頂樓花盆中的幾株豔豔的紅鳳菜，並回想它那奇特的滋味。

（二〇二二・十二）

位其位

我的朋友隱地說了一句風趣而又令人悲傷的話，他說：

「辦演講活動，我們什麼都不缺（指場地、講員和錢），缺的就是『屁股』。」

當然，他指的是，該用屁股去坐滿的「觀眾席」，常顯空晃。

所有的演出當然是「空椅率」愈低愈好——所以，當有位手上有個劇團的朋友給我寄戲票的時候，我總是儘量出席。

那天（想來這已是二十年前的事了），我進入劇場，打算入座之際，距開幕還有十分鐘。這時間點掐算得很好，算是比喘一口氣稍微從容一些些。

可是，此刻，在我座位右後方兩排的地方，有人跟我打招呼。我回頭一看，原來是某位政要，他算是少數讓我看得上眼的政要。此刻反正還有十分鐘，而他身旁的位子也空著，我就先坐過去跟他聊聊。

「最近都忙些什麼呀？」

「哎——」他說得有點像在說格言或繞口令，「我在勸那些想出來競選而不適合選的人不要參選——而另一方面，我要去求那些該出來選的人趕快出來選。可是，勸退，不容易，勸進，也不容易，我就忙這個。」

我回道：

「就是說，愛參選的人其實多半沒能力沒資格。而有能力有資格的人，又多半不想碰政治？」

他笑笑，沒說什麼，此刻剛好他身旁那張空椅的主人進場了，我也就乖乖去坐我該坐的位置。幕，在這時候剛好拉開了——但台上的台詞好像遠不及這位政要朋友的話題耐人尋味。

我對那天閒聊的結論是：

天下事，能讓人人各位其位，那真不容易。

像上古許由，就是有才華、有人品、有清譽、有格調的人，可是，他一聽見有人來請他作「官」，就覺噁心——噁心到必須趴在溪水旁，用流動的水來清洗並消毒那兩隻因聽見髒話而遭汙染的耳朵。

唉，應該在位的清者不肯在位，應該滾開的濁者偏偏不走，政治這盤棋真不好下呀！

我立刻就聯想到我的轄區——我的家——來了。

記得六〇年代，各大學都有大巴型的校車接送教授。後來，為了省錢，常去包租遊覽車來用，但車中氣氛就沒那麼好了。早期自家校車上的教授和教授談笑風生，儼然一座沙龍，就算講個笑話，都能振聾啟瞶。其中女教授的話我尤其愛聽，記得有個說英語的老外女教授說的話，五十年了，我至今不忘。她說：「我丈夫呀，他的圖書館在廁所，他的衣櫃在椅子背上，他的音樂廳在浴缸裡……」

我那時剛畢業也剛成了家，在校車上是個小助教，不好意思多插嘴，但那天也忍不住笑出聲來。

唉，原來，不分中外，「丈夫」這玩意兒都差不多——他們老是把不該放在「某位置」的東西偏偏去放在「那位置」上，作妻子的於是就只好一邊罵一邊收。

小小一個家，「不該在其位」而又「竊占其位」的東西可真不少——其嚴重性簡直不下官場。

舉例言之：

有句成語叫「棄若敝屣」，可是就是有人不肯丟「敝屣」，他會說：「你別管我，你要丟，丟你自己的就好，我的鞋子放在那裡，又礙著你什麼事了？」

「鞋子」是「賤物」（雖然買起來並不便宜），但身為「貴重之物」的「書籍」也是個煩人的角色。家裡住著三名教師，書不是我們的「養生工具」嗎？它既是犁耙，也是銀行，是頭腦的「健身房」，又兼「心理協談師」，應該屬於「貴賓」，是好不容易才請來的大師。

可是貴賓如果擠滿一屋子，日子也是不好過的（因為椅子不夠坐）。這世上，無論多貴重的東西，都禁不得一個「擠」字——我猜，就連「美人窩」也是有點恐怖的。真正的美人應該像杜甫詩中「絕代有佳人，幽居在空谷」才對。幽谷，才「對位」。

我有個朋友，他幾乎把手上的每一文錢都去買了書，他買的都是和台灣近代歷史以及民俗有關的書（他是個「真心愛台灣」的「務實人」）。這類書，一旦發現，不趕快買，很可能就變紙漿了。但可惜的是他家不大（該去買大房子的錢全讓他買了書了），書堆滿房子後，他想到一個好主意——去把書堆在玄關。玄關接大門，一般大約是四平方公尺，那些「後娶進家來的書兒們」就如新納的小妾，便暫時安頓她們在門背後，委委屈屈地「各位其位」了。

如此，讓這些書在「不當之位」密密相疊，堆高到屋頂的「權宜之計」雖然也相安了一陣子，但終於無可避免地，發生了一件小禍事。有一天，也許是因為地震，那些書一轟而倒。當時書主不在家，待他回家，發現已「不得其門而入」。那些平日用「疊羅漢」的方式生存的書，一旦坍方，便把門戶密密實實死死地抵住了。這些書似乎在報仇，「哼！誰叫你不把我們好好『藏嬌』在書架上！」

這位朋友最近走了，我非常非常想念他，特別是在我想問一句七十年前的老歌詞的時候。我自己也跟他類似，是個日日月月跟家中的書，以及雜誌，以及報紙相周旋的人。說來，要讓他們各在其位、各安其分、各逞其能，各盡其用，真是難如登天的事啊！

唉！但願宇宙中的天體各循其軌，但願各大國的核武只乖乖陳放其位，做個「擺設」。至於每家每戶要用的錢，也願它們能各保其值（沒有被通膨吃了）。而身為家庭主婦的我，但願要在敝宅中東磨西蹭的時候，不管癢扒子、鞋拔子、漂白水、多種維他命、房屋所有權狀、戶口名簿，或過年期間特別領出來以供發壓歲錢用的「巨款」（超過三萬元台幣，對我而言就是「巨款」了）被我因怕小偷而「密藏」某處而又遭我「暫忘」的「那一包」、小孫女塗鴉的真跡、《陶淵明全集》以及張岱的《陶庵夢憶》，都肯各位其位，順手可以取得。

唉，「區區一個家中的天下事」要做到「各位其位」，此事就愚魯如我的人而言，真夠「大矣哉」了啊！

（二〇二三・一）

串繫

(1)

小說課上，我跟學生說：

「像《西遊記》、《金瓶梅》這種書，我們那一代的文青，厲害的，小學就看了。我比較乖，到中學才看，看懂三分或八分不管，遭大人逮到挨罵也不管，總之，我們想跟五百年前的名著接軌……，哪像你們，叫你們去看一本古典小說，簡直是要你們的命……」

學生微笑，表示同意，但那笑容頗有「已讀不回」的意味——這反應，其實在我意料中。

「不過，這兩本書，我想問你們，作者書寫時串繫的線索有些不同，你們說得出來哪裡不同嗎？」

有個嘴快的學生立刻回答：

「啊！《西遊記》裡唐三藏和徒弟孫悟空不斷碰見『妖怪』。西門慶呢，則跟些女人糾纏不清……」

我忍不住笑了。

「你說的不算錯，但你說的是『妖怪事件』和『女人事件』。我要問的卻是這些『事件』是用什麼線索串繫在一起的？」

也許我的問題比較不容易說清楚，害得他們答不上來，我就自己說了答案：

「《西遊記》是一部寫大唐年間，某人從中國長安出發，一路走到印度去取經的故事。唐朝的事，怎麼到明朝才來寫呢？這其間其實別人也寫過這故事，但沒有寫得這麼大規模且這麼有趣。明代的小說家其實反而比較適合來寫，因為事情已經隔了好幾百年——你若現在來寫目前還健在的『星雲大師』，總不好意思亂蓋吧？——而明朝人經過『鄭和下西洋』的啟示，大家對於『遠方』都比較有概念了。所以，也許可以這麼說，《西遊記》是靠『空間』來串聯的。唐僧一站站走去，不免碰到妖魔鬼怪，今人要是坐直達飛機，不過是半天的時間。而如果叫孫悟空去開一家快遞公司，專做取經並送經到府的服務，那真要大賺，因為他擅於翻『長距筋斗』——十萬八千里，也就是五萬四千公里——所以不到一小時也就可以順利往返完成任務了。只是，這事件中的『取經人』卻必須是『凡人唐三藏』自己。這位麻煩的『肉骨凡胎的人』，必須背著行囊，持著食缽，他必須吃，必須睡，必須以『人類』的肉腳一步一腳印地往印度走去。所以說，這部小說中的主角，他真要對付的難題是空間。這空間中未必有妖怪，但一定有艱險。這艱險可能來自天、地、人。他要面對氣候、怪地形或不友善的人……。這本書，是寫一個旅行人，一個不為旅遊而只為取經的旅人和漫漫長途之間的齟齬……」

(2)

「好，話說到這裡，你們大概可以猜到《金瓶梅》是靠什麼串聯的嗎？」

剛才那位喜歡發言的同學又說話了：

「按說，相對於空間，《金瓶梅》應該是用『時間』串成的——但好像又不太對，世界上的小說應該都逃不開用『時間』來串聯的定律吧？『時間』又不是《金瓶梅》這部書的作者可以獨自把持的專利……」

「你說得很對，有些小說沒什麼『空間感』。兩個人，坐在餐廳裡的一張桌子的兩旁，光聊天，也竟然就可以自成一篇小說。那種『定點空間』，實在算不得什麼『空間』。但『時間』不同，就算只有三小時，卻可以是個有模有樣的流動過程。

「不過，《金瓶梅》有點特別，它雖然常寫女人和性，但因基本空間座落在西門慶的宅子裡，這裡面的人口全算『廣義的家人』（包括妻、妾、奴、僕），這一窩子人要一年年過下去、活下去，或鬥下去，他們共同的必經歷程便是『時間』了。在時間裡，他們生老病死、愛恨情仇……，第二十回中：『光陰似箭，日月如梭，又見中秋賞月，忽然菊綻東籬，空中寒雁南飛，不覺雪花滿地……。』第二十四回：『話說一日，天上元宵，人間燈夕，西門慶在廳上張掛花燈，鋪陳綺席，正月十六，合家歡樂飲酒……。』第二十五回：『話說燒燈已過，又早清明將至。西門慶有應伯爵早來邀請……，先在花園內捲棚下擺飯……。』中國節日不少，每個節的過法不同——例如有時要玩『打鞦韆』——西門慶家錢多、妻妾多、佣人多、損友多，過起節來，十分熱鬧。其實《紅樓夢》中也常寫過年過節，但賈府比較高尚風雅，會有些『聯吟』或賦詩之類的活動，跟『節日』本身的關係就不那麼直接了。《金瓶梅》中的家居生活——雖然西門慶的家庭結構怪了點——因為父母早死，妻妾雖多，『下蛋率』卻極稀少，家成了這位男主角的個人發飆的舞台，大家可以交集的關係不多，只好靠『過節』或說『時間』的自然流轉，來湊合人頭，並譜成其共同的旋律節奏。

「其實，小說跟『人生』是同一回事，人生，也無非是一串在『時間』和『空間』裡的種種受限的活動。當玄奘完成了他一站站的旅點，取到了經，大功告成，便回到他該回的地方。而西門慶，歲歲年年，在生與死之間，殉命於身不由己的無窮慾念……」

(3)

此刻，我回顧自己二十多年前的小說課上和學生的那番討論，其實，心裡琢磨的是想把自己家庭主婦的生涯順便做一番檢視。身為主婦，第一要想盡辦法在茫茫大地上弄到一席「生存空間」（也就是指買一棟房子的意思啦！），接著，要清潔它、布置它、整修它、維護它、裝飾它——當然，還要努力賺錢還房貸。

擁有這空間之後，主婦要在廚房、飯廳、浴室、臥房、走廊等各空間往返奔波，把該洗的洗了、該擦的擦了、失蹤不見的筆要找出來、冰箱要先貯滿——然後還要記得及時吃掉。如此，在這小空間裡奔來跑去，據專家說不久後也就等於繞地球一周了。至於時間節候，也如《金瓶梅》一般，從新曆年到舊曆年到元宵節吃湯圓到清明吃春捲，到眾位家庭成員的生日（或忌日），以及粽子、月餅。加上某些主婦還要「中外兼顧」，竟去烤感恩節的火雞或備上聖誕大餐。

寫小說，不容易，寫小說中一年三百六十五天的日常生活項目更不容易。而家庭主婦身在真實的生活中，且必須投身於各環各「節」，真不是人幹的活兒。能把時間設了站，然後一站站走過，而且還逢「站」必停，真像希臘神話中的艱巨任務啊！例如我家，依俗在舊曆年初一早餐必吃以薺菜為主要餡料的素餃子——此事就足以令人忙翻天。唉，人生苦短，能為年節忙，姑且視為福氣吧！如果年中就死掉，便不必為過年忙了，但，你喜歡這樣嗎？

時令、節日和流年本身，都算有詩意、甚至有哲意的事，但執其事者（多半是家庭主婦）卻不免要人仰馬翻——唯一可慶幸的是，你可以選擇笑著翻還是哭著翻。

（二〇二三．二）

女人新跑出來的天職

在台灣，常有許多怪事。例如為了呼應某餐廳的廣告，就去改名換姓，讓新名字中有個「鮭」字——這樣就可以免費吃鮭魚壽司，居然真有一批人跑去戶政事務所去改自己的姓名！

上面說的怪事，是俗事，但台灣雅事也不缺——那就是「愛出書」。別看台灣只有二千三百萬人口，居然每年要出它四萬多本新書（舊書不算）。不過，也有位朋友告訴我：

「你別信那個數字，其中有些書其實是官方出的啦！他們手上有大筆預算，愛怎麼花就怎麼花，於是自吹自擂，把自己的成績胡吹亂捧一番，說不定有利升官發財！」

我相信，她說的可能是真的。但我想，就算如此，這個小小島嶼，扣掉「官樣文章」，算來沒日沒夜，每天也要生產一百本書，我們的文化承載量也未免太大了——這還不包括雜誌。

奇怪的是，書雖出得滿坑滿谷，肯來翻閱一頁試著瞧瞧的人，卻沒幾個——既然沒人愛讀書，那，幹麼寫書出書多此一舉呢？怕紙廠缺廢紙做紙漿嗎？

「哼！你管我！」台灣地區的賢達作者不免回罵：「我出書犯法嗎？沒出版社賞版稅，我就自出錢、自送人、自己傳之子孫，我礙著誰了？輪得到你來嘀咕我嗎？」

唉，此話也十分有理。

台灣地區頗有些人口裡愛叫「去中國化」，但就「愛出書」這件事來說，這「陋習」（或云「善良風俗」）實在「非常中國」——中國人愛「立言」（因為「立德」和「立功」比較難，「立言」比較容易多了，這件事誰都懂）。

而且，君子不爭一時，你看我的書今天沒一個人捧場，焉知三年後不會因逢「厲害的知音」，忽然風行天下！甚至，得到鉅額獎金——嘿嘿，咱們走著瞧！

台灣出版界的賢達似乎也都知道一項真理，如果你想讓三十歲左右的人掏錢去買書，那真是難啊！他們之中的上焉者「托福的托福」、「鑽研（往研究所裡鑽）的鑽研」、「偷抄論文的猛偷抄」。中焉者則紛紛投入各種職考。下焉者呢，則只能選擇流離在大小老闆的手下。下下者嘛，心一橫，便相信了柬埔寨大爺的詐術，身走異鄉，供人摘器官……，誰會有空來看書呢？那，人長著一對眼睛幹麼？當然是用來看手機囉！

不過有一件事也很奇怪，那就是，在台灣的人一旦四十歲了，為人父母了，他們倒是樂意為兒女買書的。自己不怎麼讀書，卻花大錢買套書給小孩讀，也真耐人尋思，而出版商也樂於配合！我就見過一個朋友，為他三歲的女兒買了童版的印刷精美的全套莎士比亞。

至於肯讀書的成人，一百個裡面也未必有兩個。而這兩個裡面，至少有一個半是女人。這一個半女人嘛，其中一個是「去圖書館借看免費的書」，另半個才是出錢買書的。

女人為什麼相對而言比男人勤於看書呢？那是因為生活中有些需要，男人不屑顧之，女人於是只好扛下，舉例言之，如：

1. 指導烹調和營養的書
2. 家庭室內設計的書
3. 指導育嬰的書
4. 教人如何跟長輩和睦相處的書
5. 對付古怪青少年的書
6. 教人「家有失智症患者該怎麼辦？」的書
7. 如何走出悲傷的書
8. 如何讓你手上現金在三年內增值十倍的書

……

如今人類的壽命普遍加長了（台灣在一九四五年日本人統治的時代，平均年齡是三十九歲——唉，怎麼低成這樣，是因為醫療太不上道？營養太差？或年輕的戰死者太多？），台灣女性如今平均壽命是八十二歲，其中五十、六十、七十歲的「老女人」一律會多少分配到「須被照顧的老老人」（八十、九十、乃至一百歲）的工作（雖然，她們自己也已經是老人了），她們當然得去看看保健和求財類的書。

女人一般比較「乖」，所以照顧的工作理所當然地就落在她們肩上了。而女性又常乖乖相信「書中的權威言論」是「可信可遵循的」，所以最努力猛啃書本的讀者就是家庭主婦了。不信，你去台灣各處「讀書會」看看，其男女會員的比率，男性常不到一成——而且，那幾隻公的經常是「好心陪太太來」的善男。

結論是，「家庭主婦」（專職或兼職的主婦）是台灣的閱讀主力。她們讀的不見得是文學、哲學，但至少她得把自己弄成一個「半內行半外行的育嬰聖手、美食達人、心靈輔導、旅遊大師、理財高手、長照指揮……」，這些，雖也可以靠口耳相傳偷學幾招，但想來還是靠閱讀比較可以成其功。

七十年前，北一女在江學珠校長的年代，有了一首校歌，十分高調。而這學校在一九四五年之前是日本女孩才可以上的學校，十分「高人一等」。（咦，奇怪的是李登輝所中意的那位「白髮魔女金美齡」，為什麼在日本時代以台灣人民的血統而可以入讀此校？想來她家早已是皇民。這種殊榮，李遠哲也有啦！唯一不同的是他當時讀的是小學。有一天，他照例去上學，才忽然發現全校都沒人了。只有他，和另位同學兩個人，呆站在空空的操場上。原來，這一天，全校日本同學都因戰敗而回日本去了。這時候，他才明白自己原來不是日本人，雖然家人一直都說著日本話。）

好，現在回過頭來再說這首北一女校歌，其中有一句是這樣的：

「齊家治國，一肩雙挑！」

這八個字，七十年前（我當年十二歲）唱的時候，是多麼令人意氣風發啊！我家也幾乎也可以成立一個「北一女俱樂部」，因為我、我五妹、我女兒、我媳婦、我孫女全是北一女的。但這唱了三代的校歌，在現實生活中也只能解釋為：

「上班顧家，身心兩勞。」

能直接治國的女人不多，但「上班的女人」則多少分擔了一部分「效勞國人」的義務。而「上班、顧家」都不得不看點書。「看書」是二十世紀和二十一世紀的女人的「新跑出來的天職」——不管為了娘家或夫家，不管是為了照顧一等親或二等親。

（二〇二三．三）

人情方面的精算師

——為那篇好看的論文補一筆

(1)

一般而言，學者的論文都不好看，因為既無文采，甚至也無文理。至於非學者的「小混混」的論文那就更不堪說了，連字帶詞都錯，令人如墮五里霧中。

哈！這就是為什麼台灣在二十一世紀之後冒出的「新特產」是「假論文」的道理。論文難看，學界的人看不下去，像我這種退休老朽更不屑一看，他們便可以為所欲為作「文抄公」了（哦，不對，他們連抄也懶得抄，他們都是叫助手去抄的）。

但也有例外，我在年輕的時候（大學剛畢業之時）偶經高人指點，去讀了楊聯陞的論文，真是佩服得五體投地。後來，我才知道他是陳寅恪的學生，他當年讀大學本是想讀中文系的，由於家人勸阻，去讀了經濟。但我猜想，他舊文學頗有底子，寫出的論文因而有源有本，極具說服力。我讀他的第一篇論述是〈報——中國社會關係的一個基礎〉，他認為「報」是深植在中國人心中的行事為人的「潛規則」。論文中，他又間接引述民間諺語，例如「酒換酒來茶換茶」，令人驚豔。他晚年也曾赴香港中文大學設短期講座。

楊聯陞的論文清泓可讀，功勞應該一半在他自己，一半歸在譯者的配合（他絕大部分的論述都是用英文寫的），論文居然可以有文學的品味，可謂極少見。

中國人活著，照楊氏觀察，就是為了「報」（報恩或報仇），如果這輩子報不完，就在續集——下輩子——再來演出。下輩子（來生）的思想雖然來自印度佛教——但印度人好像沒那麼精確的「道德數學計算力」。中國古老故事中的涓滴必報的道德法則，差不多變成「道德領域（或邪惡領域）的複利高利貸」，有時也到了可怕的程度，元雜劇《來生債》就討論過這個問題（註）。

(2)

只是在現實世界中，身為小人物，我們不太會碰到「程嬰捨子」那種大陣仗的大恩大德的情節。我們碰到的無非是「誰曾經跟誰借過一筆錢久久不還」，或「誰倒了誰的會」，或「誰辜負了誰的感情」、「誰資助了親戚小孩赴美留學的錢」……。

例如李先生，他為人比較摳。他雖把提款卡交給了太太，卻每個禮拜都要查一次帳：

「上個禮拜怎麼回事，你用了那麼多錢？」

「上週末羅家嫁女兒，你忘了？我們兩人都去喝了喜酒，我送了六萬元。」

「幹麼紅包包得那麼大，兩個月前林家娶媳婦，你才包六千。」

「當然不同，林家兒子死追過我們家女兒，一年後又甩了她，我肯去他婚禮算是有氣度的了。當然，也看在他老爸三十年前替你找到一份好差事的分上。」

「咦？我怎麼不記得他家兒子追過我們家女兒？」

「哼，你記得過什麼？」

「但，羅家，為什麼要送那麼多？」

「你忘了，九年前你媽做八十大壽，請了六桌客人，那天的酒是他帶的，他帶了金門高粱，因為他記得老太太愛喝——這個『記得』很『難得』。我問你，你記得你媽愛喝金門高粱嗎？——那高粱可不是一般高粱，非常高檔，老太太一高興，喝了三杯，而且讚不絕口整整一個月。我想起來了，那是她晚年最快樂的一件事了——啊，那天的高粱可真不是普通的好喝，我這才知道，原來同是金門高粱，檔次是大大不同的呀！」

「咦？我怎麼都不記得什麼金門高粱的事？真有那麼好喝嗎？不過，我記得我媽倒是真有點酒量！」

「他那天帶來一打酒，哼，我們這區區六萬元未必買得到那一打酒——算來，羅先生應該是虧了。」

「不過，我也幫他買過一檔股票，讓他小賺了一筆！」

「哼，親戚朋友，婚喪喜慶，送多送少，你懂什麼！像你爸留在大陸的前妻，她十年前病重快死的時候，我也寄了二十萬台幣，你當時也嫌多。我說，她一輩子吃苦，這個是補償她的。你說又不是你讓她吃苦，應該叫老共補償。我說老共哪會補償她，大家都覺得是你爸害她吃了苦。我送了錢，我買個心安，那筆錢後來聽說你大哥買了個小房，你大媽是放下心才走的。其實我那年乳癌開刀，手頭很緊，那筆錢我還是跟老同學借的，但這筆錢我非寄不可……」

李先生不說話了，記性不好的人是沒有發言權的。

「啊，對了，我想起來了，」李先生也有他的小聰明，他趕緊轉移話題，「你在理髮廳認識的那個朋友，叫什麼『黃總』的，她上個禮拜寄來的她媽媽的訃聞，你怎麼打發的？」

「啊喲！什麼黃總！她自己封的，她的辦公桌就在那張小名片上，名片倒是燙金的，很貴氣。她說她仲介靈骨塔位，叫我們買，我付了一千元訂金以後就發現她是騙子。這不要臉的人，我後來連那家理髮店也不去了，有時路上碰到，我就立刻轉彎，拐向別的路。」

「如果下次碰到，躲不掉，她問你收到訃聞沒，你要怎麼說？」

「哼，我就說，我沒收到什麼訃聞，我搬家很久了。」

「如果她問你新地址呢？」

「我就說我最近老人痴呆了，記不住。」

「呀！高明！高明！」

(3)

學者楊聯陞走了，我沒機會跟他說，大恩大仇的事一般小老百姓不常碰到。但在中國，在每個家庭裡，都住著一個「人情方面的精算師」，她是個完全知道該如何「用具體的金錢數目來報答或懲罰別人」的家庭主婦。

我好像不十分知道世界上其他地區的家庭主婦（黑的、白的、紅的）是不是也都有這種神奇的稟賦。

這點本事，說大不大，但其實，嘿嘿，非比尋常。

註：

〈來生債〉這篇文章，是曉風從元雜劇《來生債》改寫的，收在《看古人扮戲——戲曲故事》一書中，此書於一九八一年由時報文化出版事業有限公司出版，屬於「中國歷代經典寶庫」叢書之一，讀者若有興趣可另行參閱。

（二〇二三·四）

「環境保護」這口號缺了個主詞

以「今天之人」去看「古早之人」，對於他們那種「快不起來」的「慢動作」，不免有些要急死人的感覺。

不管是人，是皇帝的重要文件，是楊貴妃愛吃的荔枝等等，都無法「快速旅行」或「快遞」。今天，一般人雖然沒法擁有自己的獨用的飛機，但隨便一個剛開始拿薪水的小屁孩，靠著貸款，買輛二手汽車是還可以辦得到的（當然，他要吃老爸的飯，住老爸的房）。有了汽車，他就是個比古代飛毛腿更厲害的人物了，女朋友就算住在一百五十公里以外也不構成「遠距」。

所以，汽車是偉大的，而在汽車剛問世的時候，美國報上有一篇文章，筆下極為樂觀。作者預言未來的街道上再也不會有馬尿味，街道空氣會變得清新宜人。這篇文章我是在多年前在中文版的《讀者文摘》上看到的。編者選這篇「古文」，其實是讓今人發現那時代的推論有多麼荒謬幼稚且好笑。

當然，在汽車時代來臨之前，大街小巷上的牛屎馬糞想來應該也不好聞。但如果要談到現代的汽車，其所排放的氣味之噁心，對人體傷害之大，比之馬尿那要嚴重多了。

造成環境汙染的事，是人類才有本事闖出來卻又沒本事收攤的大禍。但人類大概回不去了——「快」過以後，就沒有人肯過「慢」的日子了。

於是，只好成天「叫環保」。試想，在嘴皮子上「叫叫環保」，是多麼方便多麼高尚的行為啊！

從文法分析上來說，「環境保護」四字是「名詞」加「動詞」。其中「環境」兩字在句中扮演的是「受詞」角色，「保護環境」這四個字偏偏缺少個「主詞」。主詞是誰？當然是人類囉！問題本來就是人類惹的嘛！

但，人類有八十億，哪一個人該去做環保？嗯，當然是「他人」呀！

美國嫌印度人生得多，布滿地面。又因為窮，游民多，弄得大街小巷一片骯髒。但印度人卻回嘴，你們雖然地大人少，可是製造起垃圾來，是印度人的十倍有餘哩！

說來悲傷，所謂「文明」，所謂「進步」，所謂「現代化」，常常是以凌遲地球為手段的。例如石油，它可以發電讓我們冬天不冷、夏天不熱，它可以讓我們晚上登機，睡一覺醒來就到了西半球。但這一切卻也不是不需付代價的，其中因果，一般人不甚了然，而且也懶得去了然。

二十一世紀初，世界幾個超級大國的頭頭，群聚一處開會，說要討論減緩環境惡化的問題。其過程是，他們各自浪費了私人座機的油料，而且，他們桌上的菜式也十分奢華，惹得媒體來嘲譏，其結果是——沒什麼結果，冰山照融，氣溫持續升高，倒霉的北極熊命在旦夕……

領袖會議，每隔不久就會再開一次，而地球持續連發的高燒卻早已成了見怪不怪的常態。環保問題千頭萬緒，例如氣溫日升、冰漸融、雨漸少、地漸旱、森林漸減、塑膠垃圾鋪天蓋地、燃油廢氣充胸填肺日夜不休……其他汙染破壞，說也說不完，台灣堂堂號稱「中央研究院」的學術單位，居然去搶奪鄰居「二〇二兵工廠」內的「天然大片濕地」。搶下來以後蓋了一棟面積等於「三分之一個一〇一大樓」的研究室，說要來研究生物科技。開幕之日，有小鳥誤撞高樓玻璃窗，墜地而死，留下一灘鮮血作賀禮。我因人在現場，目擊其事。

有位台灣知名的建築師潘冀跟我說：

「我不接這棟大樓的案子，為了呼應你的反對。」

我非常感動。

以上說來說去，總歸一句，其實就是：

政治人物（大國、小國、小小國、或超大國），都一律假裝在做環保。他們或者不算邪惡之人，但也絕對絕對不是好人——都是孟子口中所說的「那種心裡想的，口裡說的，全是『利』的人」（不過現代人不像梁惠王愛直接說「利」，他們說的是「發展經濟」），對天地萬物的「仁義念頭」從來都不會出現在他們心上。

所以，我想，不得已，家庭主婦或者可以扮演一個小角色。如果每個家庭主婦都自備不鏽鋼飯盒去買魚買肉（如我），每天那個城市便可減少以噸計的塑膠袋。塑袋用完了就要擲，它們只會去三個地方，第一、焚化爐，第二、掩埋入土，第三、非法入海。第一條路結局是燒，燒完就有毒氣，供市民免費吸入胸腔。第二條路是汙染大地，把純潔的沃土變成有毒死土。第三條路是害死海魚，讓牠們絕種，讓我們的子孫從此吃不上海鮮……。

家庭主婦可以做的另一件事是省著用水。明星成龍有件事很可愛，他家有客人時，他常要求客人排隊小便，最後，只合沖一次水。試想我們若活在古代，要靠自家用肩膀去河裡挑水，我們哪敢像今人如此浪費清水！

此外可省電、可省食物（不要買多了，然後放壞了又去丟）、可省奢侈品、可省衣服。總之，不要製造垃圾。試想每家每週減少一公斤的垃圾，合起來也是對環境極了不得的供獻。

世界級領袖只會「開開會，做個樣子」，我們台灣的蔡老闆則連樣子也不做，她乾脆一句：「別來煩我，二〇二四以後，哼，那是別人的事！」

身為家庭主婦，光會生孩子不算本事，還得把地球大環境顧好，否則太陽有毒、水有毒、土地有毒、空氣有毒、食物有毒……，我們拚老命花錢花力氣生養小孩，難道是為了讓他們遭凌虐而死嗎？

（二〇二三・五）

「嘴巴騙」和「騙嘴巴」

(1)

嘴巴，頗有些功能：

第一，它是「海關」、是「入口」，一切可吃的，都經由它進入人體。人活著，其中相當大的快樂是由美食負責提供的。當然，你也可以經由鼻胃管灌食而活——不過，那樣活著，唉！可真受罪呢！

第二，它也是出口，如果你吃了不好的東西，大可以經由嘴巴把它再吐出來。嘔吐，雖不好受，但能把不適合的東西清清楚楚地吐出來，真是上天的一大恩惠——從某方面看來，胃比腦子要聰明得多。胃不接受不新鮮、不衛生或有傷害性的食物。但腦子若讀到有毒的思想，卻不太懂得分辨正誤，其結果常常竟是禍國殃民。

第三，除了跟食物打交道，嘴巴也負責語言。但語言「話分兩頭」，其一是好話，好話能安慰人、鼓勵人、啟發人，令人「聞一言如聆天音」。但也有人不知怎麼生就一副毒舌，每天不傷幾個人則誓不甘休。傷的方法或貶抑、或挖苦、或諷刺、或咒詛、或直接咆哮、或髒話淋頭……。這時，令人不禁羨慕起老虎或獅子這類猛獸來了，牠們雖凶，卻不擅長詈言罵架！

《聖經》上有言：

舌頭雖小，卻能一經點火而焚毀全身。一張嘴，恰如一眼深泉，既然可噴出甘露，就不該同時噴汙毒！

唉！旨哉斯言！

(2)

不過以上所說「口舌暴力」的邪惡現象，如果你碰到了，那還不算最悲慘的！最悲慘的是什麼？那是一種類似「巧克力酒糖」的玩意。這種糖，吃起來十分神奇，把巧克力薄皮輕輕用牙齒撞開，裡面便流出一小汪香馥的酒，酒和糖的結合是多麼幸福的滋味啊！

好，也許你會驚奇，我究竟要說什麼？我要說的是，今天的「堂堂的國際詐騙企業有限公司」，他們用的技巧其實就是「巧克力酒糖」技術，只是在「裡甜外甜」之餘，它的酒裡卻含有立刻致人於死的劇毒！

他們或嚇你，說你遭壞人或政府算計了，只有他能救你——但你要把證件或密碼先給他。或唬你說，在遙遠的柬埔寨，有份又高薪又清閒的好差事在等著你。或者，來個俊男美女計，說你被他（或她）愛上了，想跟你結婚，但目前他或她在「一時欠債狀態」中，你得先救他一把（當然後來還有兩把、三把……）。

相較之下，罵人侮辱人的嘴巴還算厚道的，你只要聽而不聞，「不往心裡去」，則依然可以過著「幸福的日子」。但詐騙不同，你的金錢從此「一去不回頭」，日子可就難熬了。

所以說，「禍從口出」固然不是好事，但，「禍」從「他人之口出發」——然後，我遭騙了，這才是最慘的事。

(3)

不過，嘴巴會騙人，嘴巴也會「被騙」。

三年半之前，疫情未起，我有大陸之行，回台時，好友夫婦送我到福州機場。臨登機時，男主人拿了一包小零嘴給我，一面謙遜地說：

「哎，這小玩意兒你拿著，人家說，這不過是個『騙嘴巴』的東西！」

我一面接著，一面忙著去登機，心裡卻對那句話覺得十分驚奇——不是都說嘴巴會騙人嗎？但，怎麼竟有「人騙嘴巴」的事呢？不過，也來不及問，就拎著小行李趕著去登機了。

不料我白趕了，飛機不知為什麼遲到了，一時走不了。我嗒然坐在長椅上，沒了主意。想去吃頓機場晚餐，又怕吃了兩口他們忽然說可以登機了……。唉，航空公司常像個傲慢的情人，他遲到都不屑道歉，如果道歉，也毫無誠意，他常用的說詞是：

「我因故而遲了。」

唉，難不成去退票？那也於事無補，這時候唯一能做的事，便是弄點食物來入口，把憤怒的自己安撫一下。

忽然，我想起那幾包小點心，我很感謝這對貼心的朋友——此刻，我想來照他說的，把自己的嘴巴騙上一騙。

小包裡是麵粉製作的小點心，果真在咀嚼幾下之後它便發揮了小小的騙術。嘴巴在接受招安之餘，整個人一時也就不同了，於是想起《大學》中聖人所說的話真還有幾分道理：

定而後能靜
靜而後能安
安而後能慮
慮而後能得

呀！原來這段話用在「吃小點心」的事上也能說得通呢！

(4)

自古以來，家庭主婦，常主中饋，古代男人比現代男人有福，他們只要有錢，大可三妻四妾。有趣的是，大老婆好像只管正餐，小老婆就理當端得出可口的小點心來。例如春天水生的新鮮「雞頭米」（又名「芡實」）清甜甘腴，但因帶刺，很不好剝，必須巧手料理。此物又充滿性暗示，連唐明皇形容楊貴妃時也曾提過它。一般吃飽了正餐的男人，常接著又會到姨太太房中再進一些「額外食物」。在《金瓶梅》裡，連十分不起眼的孫雪娥，也有一手小絕活呢！

有好些不飽人的小點心，我自創一詞叫它「姨太太文化」。廣東話「去飲湯」常是「去二奶處」的代語。上世紀有家「香港湯店」就叫「阿二靚湯」（也在台灣設店）。煲湯極花時間，只有姨太太才有此閒工夫。喝中國清湯一般雖不飽人（老外的濃湯大喝一盤則可讓人有七分飽），但嘴巴卻給騙得很妥貼。

如今的大老婆不太容得下小老婆了，所以，只好自己「兼差來作小老婆」。那麼，除了做飯，便也只好做些小點心，用以騙騙丈夫的嘴巴，或騙騙小孩的嘴巴。這些多出來的活兒，其實也挺累人的。

但嘴巴這傢伙既然常有「被騙的需要」，家庭主婦也只好勉力去負責哄哄全家人的嘴。如果自己烘不出什麼乳酪草莓蛋糕來，至少也得去買一包什麼夏威夷果或宜蘭蔥餅來應個景。不過在這番「進貨」、「貨上架」和「清貨」、「補貨」間，這位主婦也得付上些勞瘁的代價吧？

（二〇二三·六）

「省分」、「儉省」和「省悟」

(1)

一九九八年，台灣「省」給「廢」了——這個從一八八七年（光緒十三年）就有的「省」。

不過，政治人物說話不像我們常人說得那麼老老實實，他們說的是：「『省』，以後就『虛級化』了。」說這話的人是李登輝。

大約二〇一一年，我赴行政院開會，走廊上遇見一人。他跟我客套式地打了個招呼，我因不認識他，只好說：

「呀！請給我一張名片吧！」

拿到名片，我愣了一下，他的頭銜竟是「省長」。政壇也太奇怪，省都沒了，怎麼竟有省長？這省長要不要發他薪水呀？不是說「省了『省』，就可以省下很多錢」嗎？怎麼又設了個看來晃悠晃悠沒事幹的省長來領錢呢？（聽說，「省」之「正式歸零」，是二〇一九年的事了。）

(2)

那陣子，我有幾個朋友，包括我自己，開玩笑的時候，都愛宣稱自己是「省長」。中文的好玩，便在其多歧義。我們說的「省」，不指行政上的區域，指的是生活中的「省著花錢」的本領。

當然，必須「節省」的理由很多，例如身為低薪的公教人員、或有房貸未完、或忽發奇想想去遠方旅行、或有小孩在美國讀很貴的學校……。

總之，凡我輩必須把一個錢打十八個結的人，都得學會作「省長」，或「超級省長」。

(3)

不過，就算身為「省長」，也必須參與常人的過年過「節」，「節」「省」兩字好像不太該連在一起使用，要過「節」就不能太「省」（雖然那兩字的原意是指「節約」加「儉省」）。

想過「節」又想「節省」，那就得自己多動手。不過也有人雖自己動手，卻因為一念之差，買了特別昂價的食材，其結果竟是比餐廳還貴很多。

(4)

所以，逢年過節，不妨多做幾樣素菜，配上買來的獅子頭或醬肘，也就可以混過去了。

但某些素菜我家平常不吃，只在年節才吃，所以，感覺上頗有「年味」，其中有一道，它的名字叫「涼拌海蜇皮」。

大概因為父母都是北方人，離海洋遠，海味便算是「高貴之物」了。「開陽（蝦米）白菜（大白菜）」或「海蜇皮拌蘿蔔絲」，竟然都是上得了台盤的酒席菜。在台灣，海蜇很便宜，海蜇頭尤其便宜（我比較歡海蜇頭），但家中平常也不吃，專留待過年才來吃，好像比較對盤。唉，不過就幾色年菜，卻也每家每戶各有其譜。台灣是個移民島，家家各承其俗，客家人、福建人、一九四九年「三十六行省的人」（包括漢滿蒙回藏苗……）、加上本土號稱「原」住民的族群，後來更加上一些東南亞「嫁」過來的……。

我家，從我外婆到我的孫輩，已是五世立足台灣的人了，不過，有時還是會聽到：

「哦，你係（是）外省人啦！」

我笑而不答。

有件事我至今猶在琢磨，四十年前，有次去屏東排灣族的村子夜宿，當晚跟大頭目等人喝酒聊天，他忽然說：

「我看電視，看到雲南的少數民族，唉呀，我覺得我們跟他們是一族的呢！穿的衣服、唱的歌、跳的舞，都像得不得了……」

六十年前，我認識個姓戴的，來讀台大，他是個菲律賓華人僑生，他偶去台灣山上原民部落走走，回來驚奇萬分：

「咦，他們說的話怎麼跟菲律賓土著的話很像呢！」

唉，我想，這個地球上忙著跑來跑去的族群很不少呢！真不知道誰跟誰是一家子？

不過，過年過節就會有點感覺，客家人的年糕，和閩南人的年糕是大異其趣的，廣東人非蘿蔔糕不歡，寧波人則絕對認為切片來炒的寧波年糕才是正宗，連粽子也分北粽、南粽、湖州粽……。

(5)

扯遠了，回過頭來說，蘿蔔絲拌海蜇皮，此菜的海蜇皮不過是水母，撈上來鹽醃一下，一年四季都有得吃，但蘿蔔卻是冬天的才夠甘洌脆美。

此菜原料便宜，又爽口，麻煩的是切工要好，醋料也要稍講究。

那天，我走過廚房，女兒叫住我，她正在備年菜。

「蘿蔔絲和海蜇皮由你來切吧！」

她沒有說出來的那句話是：

「我的切工不好。」

「好啊！」我回答，「但我的手髒，要好好洗一洗。」

「用洗潔精沖一下不就可以了嗎？」

「不是普通的髒，下午我去整理了花圃，沒戴手套，指甲縫有泥。」

「那就用牙刷刷吧！」

「不行，那很浪費，我現在先去洗澡，順便洗頭，抓完頭，指甲就洗乾淨了。」

「幹麼那麼省？」

「這洗潔精，從我們的排水管流下去，到下水道，最後流到大海，倒霉的魚就得忍受牠祖先沒有忍受過的有洗潔精味道的海水……」

「有那麼嚴重嗎？」

「如果我是魚，我就不喜歡我的『海水家園』裡有清潔劑。」

「你洗澡，順便洗頭，洗頭，順便洗指甲縫，最後，還不是也流到大海去了？」

「你說得沒錯，但做一件壞事總比做兩件壞事好。我很佩服大概十五年前，在歐洲，有位女人，她宣稱要過簡單生活，她不用清潔劑，也不買新衣服，她真的如此過了三年……」

「後來呢？」

「不知道，但至少她證明，日子也可以用另外一種極簡方式來過。」

還可以更節省一點嗎？我常如此問自己。

「我洗完澡，光著個膀子（就是打赤膊，不穿上衣的意思），就用剛才洗過澡的水來拖地！」

這是十多年前，一次座談會上聽到的張志軍先生跟我說的，他的「個人節水事件」。我心下很佩服，至今未忘。

「省」，可以是「××省分」，也可以是「儉省自約」，更可以是某種「深層省悟」——作為家庭主婦，身兼「省長」，但願人人都能在「反省」自己和物質之間「應有的倫理」而有所「省悟」。

（二〇二三・八）

你一定要養成愛自己的好習慣

(1)

人活著，有件事我覺得「非常非常重要」——如果不是「最最重要」的話——那就是：「你要喜歡自己。」

喜歡自己不難，世上的大梟雄、大壞蛋多半都喜歡自己，才會想到損人利己的陰招，如希特勒，或黑道老大。

但我說的是「正常人」。

常看報上說「某人因厭世自殺」。唉！這「世」，該不該「去厭」，一時也說不清，但會跑去自殺的人，我想大概更厭的是自己吧！

如今世上人口雖已到達八十億，但其中真正喜歡你的人又有幾個呢？如果很幸運地（或說很不幸地）你年紀老起來，父母兄弟姐妹都走得差不多了，剩下誰來疼你呢？其他親朋各有其忙──忙著疼他自己。

(2)

唉，所以一定要養成「愛自己」的好習慣，也就是說，「要對自己好」。而對自己好，指的當然不是指喝高檔酒、抽高檔菸、穿高檔衣、開高檔車……，而是給自己周邊種幾棵活樹，種在地上的或種在盆子裡的（但絕不是做得很肖似的塑膠花和塑膠樹），備幾件簡單舒服的家居衣服，學會自己做幾道簡單營養且味道尚可的食物，選定幾個可以慢慢「煲電話粥」的朋友，找到一間離家不遠、能借書的好圖書館，選中一款咖啡或茶，在鐵觀音、大紅袍、普洱、紅茶和千千百百種的茶類中，選個自己喜好的滋味……

吃好、穿好、睡好，至於住的地方必須通風好、採光好、買東西方便、不喧吵……。我有個朋友，她因常年住大陸，只偶然回台北來看病，便去買了一間大樓中的小套房，供回台灣時暫住。奇怪的是，她的房子竟然沒有窗子。空氣嘛，就靠冷氣機囉！光線嘛，就靠開燈。天哪，這種日子怎麼過呀！他們又不算沒錢，唉……，再怎麼摳，也不能讓自己呼吸不到一口新鮮空氣，看不到一吋陽光吧？

(3)

除了高明的前人說了「衣、食、住、行」是生活的基本要項外，你如果身為家庭主婦，則還要記得要想到一家大小的「精神食糧」，我指的是來自紙本的書籍、報紙和雜誌。至於手機族另闢蹊徑的路向因為比較「個人化」，已非老妻或老媽的管轄範圍。不過，一個家庭從八歲到八十歲的成員，到底各自該讀些什麼，也不算一個不煩人的問題，家人的食物和讀物每每都有其個人的獨特需求。

孩子小時，在台灣，母親如果為小孩訂了《國語日報》，真是件很神奇的事。你會忽然發現這個剛讀一年級的小鬼，因為認識了注音符號，一夕之間，拿起報紙來，就可以立刻朗讀國際大事給你聽。這，不得不感謝民初的語言學家（註），小鬼頭靠注音符號竟也知道了世界風雲及家國要聞。嘿嘿，他甚至立刻就人模人樣地跟你平起平坐起來了。當然，他大有可能會鬧笑話，例如，他會說：

「有個美國的季辛吉跑去中國大陸——咦？剛好我們班長也姓季呢！我本來以為姓季的人很少，沒想到連美國也有人姓季。」

但無論如何，這小傢伙已自認是個「微型知識人」了。他的高見（或低見）也未必可以小覷。

給家裡的老人訂本綜合型的雜誌，他也會在出其不意的場合冒出他對「素的蛋白質」和「葷的蛋白質」的優劣比較。

(4)

人能閱讀，總是好事，人老了也許會鈍——但仍在閱讀的人會鈍得慢些。「觀老」和「觀小」是件有趣的事——因為你猜不出為什麼有的小孩那麼早熟早慧，以及為什麼有些老人到老都一無所失，包括他的美貌、他的拚勁、他的記憶力、他的魅力、他說笑話的本領、他的靈敏反應、甚至他對美食的熱情和食量……，讓人又嫉妒又佩服。

我不知道祕訣何在？奇怪的是，如果你問他們，他們自己好像也答不上來。但我發現，他們共同的特徵是喜歡閱讀，他們會持續且有滋有味地去閱讀。

如果「一家之主」（原諒我想多加一『婦』字）能為「大齡家人」和「小齡家人」多買（或多借）些書來，對大家的智慧乃至身體都會有好處。

(5)

哥倫布，此人無人不知，他其實幼時頗受一本被認為是「猶太偽經」之書的影響，因而相信大地有可能是圓的。那本書名叫《厄斯德拉書》（*Esdras*），內容頗有些謬論，例如認為「陸地之大，是海洋的六倍」。但偽書加謬論，仍然符合「愚者千慮必有一得」的中國古諺。「有錯」的書，不代表其中找不到「對」處。至於大地到底圓不圓？自己想辦法去走一趟不就知道了嗎？

所以，結論是，有書（最方便的藏書地點當然是家裡），有在讀書（最方便的閱讀地點也在家裡），再加上有判斷、有實踐、有質疑、有分享、有考核、有歸納，則庶幾便能成就一個智者了。

(6)

書店「很好」，圖書館「很好」，但「有書的家」「更好」——而這個家裡，如果有個肯不斷出錢出力去添購新書且勤於督促家人讀書的「慧心人」，那簡直就是「好極了」。

唉！人能「自愛」而不「自私」，「自重」而不「自利」，其間的高下正邪，真是神魔人獸之別。但自重自愛從何而來？答案是從「好的教養」而來。但好的養育從何而來？除了好父母、好老師、好社會，好的閱讀物也很重要，好書，常是比較可靠的「輔」我為「仁」的朋友。

讓全家人都被書疼愛，是一件幸運的事。

（二〇二三．九）

註：

今年五月，我赴北京開會。某晚，去東方飯店吃飯，發現這家飯店竟是民初時代的高檔酒店。當時（一九一八年）高檔的大酒店有三家，另兩間叫「北京」和「六國」，卻是洋人投資的企業。「東方」是因華人企業家投資，刻意力求勝過其他兩家。而「注音符號」當年開會，有幾次就在此處。那頓晚餐我吃得心不在焉，因為一直想著那個了不起的時代和了不起的人物，如趙元任、胡適、蔡元培、林語堂等。

不肯跟我們談「那玩意兒」的高人雅士

華人這個族群，一向人多，但如果你必須在眾多古代華人中（有個統計，說二十世紀以前，中土華人累計共有十八億）要找一兩個人來喜歡並佩服，可也不容易。我年輕的時候（指二十歲左右）喜歡過兩個古人（孔子不算，他是拿來尊敬的），一個是蘇東坡，一個是林和靖（林逋）。

如今我的年齡比從前多了四倍，對蘇東坡仍然心悅誠服，對林和靖卻不免有點意見。

想當年迷上林和靖，是因為驚訝世上怎有如此高雅清靈的人物！「梅妻鶴子」，何等出塵！獨自住在西湖近旁的孤山上，畫畫，寫詩，天哪，這簡直是神仙歲月。「疏影橫斜水清淺，暗香浮動月黃昏」，真是絕美的詩境。

我暗自許願，有朝一日，我一定要去孤山走一趟，不是去看看，而是去「朝聖」。

到了二十世紀九〇年代，真的有機會去了，朋友帶我上孤山——天哪，梅林在哪裡？也許季節不對（因為身為教師，能出境，一定是在寒暑假，寒假太短，我一般是暑期出去走走），也不知是不是朋友開車的路線不對，竟連一棵梅樹也沒瞧見。

而且，如果去認真讀他的全集，才猛然發現，他實在不足稱為「一流詩人」（甚至連二流也夠不上），他大部分的作品看來「木木的」，例如：

步穿僧徑出，肩搭道衣歸。〈湖山小隱〉

地僻過三徑，人閑試五禽。〈和梅聖俞雪中同虛白上人來訪〉

馬從同事借，妻怕罷官貧。〈寄孫沖主簿〉（詩中寫的是別人，不是他自己。）

不過，詩寫得不好倒也罷了，我更不滿意的是他的另一件「該做而沒做」的事。

怎麼說呢？我舉美國十九世紀的梭羅來比較吧！

梭羅隱居湖畔，其湖名叫華爾騰湖，梭羅親自蓋屋，想要做一番樸素生活的體驗。梭羅務實，鉅細靡遺地寫出他非常真切翔實的手記，包括一些細瑣的帳目。什麼東西，是幾塊幾毛買的，例如拌泥料時，加點碎頭髮似乎聚合的抓力較好，而頭髮也是「買來」的，多少錢買的，他都寫在書裡。如此翔翔實實，令讀者如觀眾，眼看他的森林小屋逐日完工，因而不勝欽服。

林和靖隱孤山，是租是買？買，多少錢？錢哪裡來？如租，租金多少？如果免費就可以占山一座，那我也想去占它一座來住住。

山上種梅，很好，但種梅樹應該也是要錢的，要種個滿山，少說也得兩千棵，都自己拿鋤頭挖地嗎？樹苗和花匠都不便宜哪！林和靖不屑作官，哪來的錢呢？

也許他是地主，可以坐收土地的收成？或者他有祖產？這又不是業務機密，幹麼不說呢？

而且，「不娶妻」這件事，在那個時代（一千年前）不是你自己說了算。你必須「很幸運地」父母早早雙亡，否則，在那個年頭，「無後」，已經等於或近乎是某種罪惡了。林和靖如此高來高去，讓凡人兼家庭主婦如我者看得傻瞪眼。

當然，如果換在今天，也許林和靖可以向某基金會申請一個專案，「孤山種梅及隱居五年之生活之可行性實驗」，也許「〇〇文教基金會」會批准。

對了，說起種梅，我立刻想到，梅花開在冬春之交，滿山的梅，到五月黃梅天會結出大量梅子——當然也許林和靖另外培養出只供觀賞而不結梅子的梅樹（和他的不婚狀態一樣）——一般正常的梅樹是可以賣果子收錢的。

這又麻煩來了，雅士如林和靖怎可論斤秤兩地去跟人算梅子錢，那太俗氣啦！叫小廝去算嗎？或任梅子熟爛落地，或縱容野孩子去採來吃？

標準的雅人不但不能買進賣出，就連「錢」這個字也不屑出口。《世說新語》中有個怪人王衍，他就絕口不提「錢」字，生怕汙了口舌。此人應是《世說新語》作者劉義慶崇拜的人，他在書中出現有四十次之多。

此人和「阿堵物」典故有關，有一次，他那出身皇親國戚的郭氏妻子惡作劇，叫侍女把大堆的錢擺在「下床的要道上」。王衍醒來，見自己被錢包圍了，一般人會說：

「我要趕著去上班了，我要去洗臉，去吃早飯，這些錢圍著我，我動彈不得呀！」

他那視錢如命的貪腐妻子等的就是從他口中說出「錢」的那一剎那！

可是王衍並不上當，他說話了，說的是：

「春花呀！秋月呀！你們快過來把『這玩意兒』給我搬走呀！」

他說的原文是「阿堵物」，後人因為這故事把這個「古老詞彙」保留了千餘年。

王衍有「金錢厭惡症」，其實是可原諒的，因為他痛恨他的妻子郭氏，其人粗蠢，且嗜財如命。

此事在我看來，應該採取下列步驟：

第一是打電話給警察局，請他們派員到現場來把錢拿去保存起來。

第二是等待有人去警局證明這筆錢是他遺失的。

第三，半年之內如果有人能證明，他就把錢拿去。

第四，如果沒人能證明，則此錢歸我，哈哈，如此我就合法發了一筆小財。

不過，在報警過程中，我都得說到「錢」，而不能代以「那玩意兒」。

好，現在回過頭來說林和靖，這位從來好像也不提錢的隱士，到底是靠啥為生的呀？他如果能寫一部《白手生活訣竅》，一定大發利市。我多麼希望我也能坐擁一座「孤山」，面對淼淼西湖，家裡還養著仙鶴（鶴料其實有點貴，相較於狗罐頭），而梅林緜遠入天……。

唉，還是華爾騰湖畔的梭羅老實，寫出來的東西一五一十把話說得清清楚楚，彷彿是寫給家人中的老姐老妹看的。

我擔心，萬一有個傻小子一時衝動效法先賢，也跑到荒山野嶺中度其梅妻鶴子的「高人生涯」，那，豈不是要活活餓死嗎？

身為家庭主婦，我認為絕對要提「錢」，而且要提得大大方方的。人不應作財迷，但也不必自裝清高，該怎麼看待錢就怎麼看待。

（二〇二三・十）

氣象播報員的「娛樂性兼職」

我跟丈夫退休前都在學校教書，我的學校距家十一公里，他的則離家四十二點二公里，我自己開車去，他搭的是校車。

也不知是不是為了「遠」這個原因，他出門前常常不安：

「不知道今天下不下雨，不知道天氣會不會轉熱，不知道……」

我們教學的鐘點都算多，大約十小時，偶然也會開成十二小時。這個時數一週去兩天應該也就可以完成義務了，但學校方面卻要求每週最少要去四天，以便學生要找老師請教的時候，有八成機會可以找到。

所以，我家那口子，每週大概至少有四次會把那奇怪的有關天氣的「天問」在我面前叨個沒完沒了。

「喂，你搞清楚，我不姓『上』，我的名字也不叫『帝』，刮風下雨不歸我管啦……」

「上個禮拜三，氣象播報明明說天氣會轉涼，結果，我穿了很多，哼，後來一件件脫，弄得抱在手裡不知怎麼辦……」

「哈，總比說天很熱，卻忽然轉涼了，結果凍出感冒來好吧！」

「你還笑，你都沒有同情心……」

「我教過你方法了，你不聽，你書包裡應該放個大袋子，很輕很薄很韌的那種，撐開來有兩個A3紙大，收起來只有拳頭大。有了這種袋子，什麼東西都不怕，都可往裡塞，都可以輕便拎起。」

「別說那麼多，我現在急著去趕車……」

我知道他真正的意思是：

「你快點給我拿個主意……」

哼，我才不上當（因為已經上過太多次當了），到時候他會說：

「你看，你看，我聽你的話，沒帶傘，結果淋得一身濕……」

噫！「唯男子與小人為難養也」！

「用君之心，行君之事，老婆我，誠不知天象！」

至於我自己，因為駕著一輛「迷你型小型汽車」，就彷彿有了「隨身小屋」，那裡面有傘、有外套、有水、有餅乾、有紙、有筆，就算碰到嚴重的惡性塞車，我也能立刻抽出一本《唐詩》來，把小車一轉眼變幻成古代書房。哪怕只讀了一首詩，也覺十分划得來。

不過，我雖不在乎天氣，出門時也難免想看一眼天色，這大概是出於人類古老的潛意識吧！

一般而言，我頗能預測天氣——但，只限於春天。

春天怎麼啦？春天，我的陽台上有一種不請自來、名叫「酢漿草」的小野花，它們的花小小的，只指尖大，粉紅色，花期是三月初到五月半。如果我早晨九時出門，它們的花是打開的，那，這一天就是晴天了。

有時它七時半就開，但到了九點，想想又後悔了，竟又閉了——那麼，那天很可能會下雨……。

過了春天，這花消失，我的觀測對象沒有了，我也就無從占算天氣了。

記得我有一次到台北郊區木柵，去看一家木板建材行，那裡人車比較少。我看完貨，走出大門，忽然看到這家商店門口有棵三人高的青翠的行道樹，於是停下腳來。我不是受那棵樹的吸引，吸引我的是樹下的一叢小野花，粉紅色的酢漿草。路旁有行道樹不稀奇，但樹長得那麼挺拔秀氣很難得。再加上樹下居然又開著六七朵小野花，更是極為難得（台北市區的行道樹下就開不出小野花來）。我忍不住大叫了一聲：
「哎呀！太好了，今天要轉晴天了！」
店員聽我一叫，連忙跑了出來：
「什麼？什麼？」
「天要晴啦！」
「你怎麼知道？剛才還在下雨呢！」
「哎，這，你就不懂了，你看見嗎？這種樹下粉紅色的小野花，不怎麼起眼。可是，它如果開了，特別是在早晨九點之後，這一天，就不會下雨了！」
「真的嗎？為什麼？」
「你想，花為什麼要開？它開花並不是要給我們人類來欣賞的，它是為了招蜂引蝶啊！它需要有傢伙去幫忙它播粉啊！」
「所以呢？」
「所以它要計算得好好的，必須選個好晴天才來開花，這樣，蜂蝶才會來採花粉——如果它下雨天開花，那就慘了，它的粉很快會讓雨水沖跑，那，它就結不成籽，它就沒有明年的春花了！它就『絕後』了！」

「咦？它這麼小小一棵草，竟有這麼聰明的算計？」

「對，它的命只有短短一個春天，就沒了。而且，它們不用上學，它們生來就知道，知道下一刻是會出太陽還是會下雨。」

「我們的氣象播報員，讀了那麼多書，卻老是把氣象播錯……」

「唉，你不知道嗎？氣象播報員都有個兼差——他們的兼差是負責『撒謊』，目的嘛，是想『娛樂』我們一下啦！」

今年（二〇二三）四月我去廣西簽書，出版社問我除了桂林還想去哪個城市，我毫不思索地就在電話裡叫出來：

「柳州！」

那是我七十五年前逃難途中的城市！

到了柳州，當地的人帶我去看柳公祠，在大大的院子裡，我又看到幼年時代的大片春日酢漿草了。

「酸咪咪！」有個陪我去的女孩雀躍大叫。

「你們叫它『酸咪咪』嗎？」

「我們大家從小就都這麼叫的呀！」

哦！對了，想起來了，我小時候，在柳州，也是這麼叫它的——小時候，七歲，在柳州香山國小，同學都喜歡咂它的味道。

一株小草，其間有多少造化的恩惠和神奇啊！它才是最準確的氣象播報員，從不撒謊。

而我，是那個無意中窺見「天庭機密」的人。

（二〇二三．十一）

「你會不會搓繩子？」

那天，從成都，我要去一個地方叫安仁古鎮。有個好心的晚輩答應開車送我去，我的任務是去剪綵，為朋友所策劃的展覽。那展覽是為民國初年的學人辦的，例如胡適、蔡元培……等人。

天好，路好，車好，車中的人也好，要去的場合也很好，我很快樂。但我的快樂其實不在上面說的這些，也不在我有這份光彩去為朋友的盛會剪綵，而是，我終於逮到一個機會，可以在一個密閉的空間裡，同時訪問四個大陸年輕人，他們因為也想去一趟安仁古鎮，所以就擠在一起搭便車。

但，究竟是什麼大不了的事值得我做一場興奮的採訪？說來不值一笑——不過，我自己認為很重要。

我要問的問題是：

「你，會不會搓繩子？」

這個問題，如果在很多人的大場合提出來，難免令人側目，顯得我這個人「很怪」。但在小車子裡，除了我只有四個人，可以「順便」慢慢聊。

為了避免他們愕然，我把一截自己搓了一半的繩子拿出來給他們看，他們看懂了。為了答案確實，我一個一個地問，他們——受訪者——大約都在三十歲上下，他們都回答說：

「我會。」

我為什麼要問這個奇怪的問題？因為在台灣我四十年來大概用過十位助理，每次我都會問助理：

「你會不會搓繩子？」

她們的回答都是：

「不會。」

我想教她們，但她們或者不想學，或者勉強搓了一下，但因為不慣用手指，操作出來的成品看起來非常古怪，本老人家只好放棄指導那幾位高徒，但總沒道理因為「不會打繩子」而叫她們離職吧！

我為什麼希望助理會打繩子呢？因為我喜歡用繩子。我為什麼喜歡用繩子呢？因為兩股搓合的繩子既好看又實用。特別近五十年來塑膠繩的使用很普遍，塑膠耐用，但一般收到寄送包裹的人看到有綑繩就立刻把它剪斷當廢物丟了。

我卻總是耐心拆下，如此便可以輕易獲得兩三公尺長的塑膠繩，此繩很強韌，承重力也很好，但卻有點容易風化，如果搓成繩子，讓空氣接觸面變少，它就能用很久。

搓繩子，也算是個小小的「手藝」，既是「藝」，就能給人帶來快樂和怡悅。但這種怡悅看來不但正在式微中，而且簡直是要迅速失傳。

曾經，在人類的上古史中，「會打繩子」簡直可媲美會打電腦——是一個可以截然將文明一化為二的分水嶺。

有了繩子，就可以甩，從此便能獵捕人類追不上的野獸。並且，有了繩子，就進而可以結網，網，就實用價值來說，比洲際飛彈更好，它可以捕獲天上的、森林中的、乃至水裡的生物……。

繩子既然這麼厲害，也就在語意上可以引申出許多新意，例如它因為幾乎可以當軟尺來丈量，所以就跟法律有了關係（如「繩矩」、「繩之以法」），又因它很牢固，所以就和團結、合作掛了鉤。聖經《傳道書》四章有句「三股合成的繩子不容易折斷」的話，象喻的便是人與人之間和洽緊密的合作關係，認為「其利可斷金」。

《聖經》裡提到「繩子」的地方有五十九處之多。

中國經典中也出現大量的繩子，和「繩」有關的詞彙多不可數，如「準繩」、「繩祖」、「繩河」（指銀河）。

如果說，「繩子」開啟了人類生存的全新世代，也不為過。

在古老的年代，連甲骨文都尚未出現的時候，記載歷史是靠「結繩記事」。歷史學者對「什麼事」該打「什麼樣的結」很好奇——但別忘了，基本上，如果沒人先發明繩子，那個「結」就根本沒處下手。

古陶器上，常有繩子綑出來的紋路（趁陶泥還濕的時候），非常古樸好看。

人類，這種「倮蟲」（古書如此形容無羽、無麟、無毛的「人」）能從一個「自我小點」，延伸成為線，再延為面，再延為體，靠的就是繩子。繩變網，成了面，網加深就是大兜、大袋，於是有了「體」的規模。繩子還能做「繩梯」，可以向上擴充垂直勢力。

繩子，古時叫「索」，現在我們常說「繩子」，而少說「繩索」。好玩的是，閩南話中用的就是「索仔」（「仔」讀作「啊」）。台灣的閩南人中頗有些人認為自己「不中國」，這句話如果從北方人口裡說出來也許還有些道理，閩南語其實「中國極了」，完全賴不掉。

好，回頭再來說那個「搓」字，製「繩子」而有其獨特的動詞，可說很特別。

我曾採訪過民初時代的女作家蘇雪林（她後來活到一百零二歲），她年少時很為家中的佣人感到不平，因為她的祖母成天唯恐佣人閒著，所以還去讓她加夜班，晚上還須熬夜用手在大腿上搓麻繩，繩子是有價物質，或自用或賣給人，它是有市場的。她還示範給我看搓的動作，雖然她那時已九十多歲。

繩子的材料可貴可賤，賤的是稻草，可以打草繩。中價位的是棉線、麻線，高價位的則是絲線。至於像台灣的陳夏生女士，努力恢復她為首飾設計的中國繩結，那大概算是「貴族繩」了。

至於我自己為什麼會搓繩子？其實，並沒有人教過我，回想起來，我曾在六歲的時候偶然看過外婆做這個動作，當時也沒學，只覺有些神奇。成家以後因為常覺需要繩子，便一邊回想，一邊自己動手做了。

我為什麼常問人家會不會搓繩子？其實是因為關心人類的手好像變得愈來愈笨了。一隻手，除了吃飯拿筷子，好像只剩下「指頭尖」的那部分是活的，因為要靠它去「觸」「鍵」。

唉！

（二〇二三・十二）

新畫廊、老屋、老樹、老茶和老繩子

在老台北市的中心位置——我說的「中心」是指地理上的中心，跟能賺錢的「商業中心」或有權力的「行政中心」無關，就是老老實實的市中心。那裡有一條街叫青田街，青田街上有一間畫廊，我有時會帶遠方來的朋友去那裡坐坐。

青田街在「日本時代」叫「昭和町」，聽來像「天皇級」的領域。我喜歡「日本時代」這個詞兒，我小時候聽左鄰右舍的本省人都是這麼說的。後來冒出了「日據時代」和「日治時代」二詞對立，就累人了——因為說話的人莫明奇妙地要為一百年前的事找個動詞來表示自己個人的「政治立場」，實在有一點煩。

相較於「畫廊」，我更喜歡那棟「房子」。而相較於房子，我更喜歡院子裡的「大樹群」，其中的芒果樹長得有八層樓高，真是嚇人。

那棟房子屬於台大，曾是台大哲學系主任洪耀勳住的宿舍。洪教授身故後，因他的媳婦陳明玉也是台大教授，就沿住了下去，一直住到「不堪住」了。之後，房子「空著」，比古剎更破敗淒涼。在更早更早之前，一九二八，台大建校，屬於日本。日本時代誰住這裡？當然是當年的台大日籍教授，他的名字叫庄司萬太郎，其後人曾多次來台探視此棟近百年的老屋。

凡公家配住的宿舍大多都有個毛病，就是缺少修護的人。「上面」的人不肯修，住戶自己也不甘出錢修，就這麼耗著——但有個傢伙卻很熱心光顧，那傢伙的名字叫「蛀蟲」。台灣地屬亞熱帶，又濕又熱，是蟲類天堂（咦？連我們政壇上也不乏蟲類呢！），如果你的房子是木造的，雅則雅矣，但若沒有勤做防蛀工程，房子的木料不久就會被異類「小屁蟲」一口一口吞下肚去。而且，就算你花錢做防蛀，也未必擋得了小蟲子想吃木頭的天性。

老房子，是古蹟，依法不可拆，但它又病入膏肓。聰明的台大便想出個好辦法（其實此法不是台大發明的，凡「公家」都懂這竅門），他們把房子租出去，規定承租的人要自己去修理，修的錢歸住戶出，住進去以後，租約大概是九年，然後可以再延。我聽畫廊的人說，他們光修房子就用了兩千萬台幣。這還不包括畫廊主事的賴先生到各處「去撿」「去買」「去求」一些老建材如老瓦等。

這房子，依法說是「不可拆」，但事實上也只能是抽筋換骨重新翻建（建得儘量「仿舊」罷了）。孔子說「朽木不可雕也」，朽木有什麼辦法雕刻？我不知道，只覺「在藝術家手下」，「或者不妨一試」。但「舊朽木」絕不可以用作「建材」，則是百分之百的真理，一點都不用懷疑。

嚴格說，這棟房子既頹爛了，唯一的方法就是用鋼架撐著。至於原始建材的紅檜木，先別說其天價，事實上，木材市場裡根本就無處可買——台灣禁砍檜木已經幾十年了，要保持用舊規格建材，根本做不到！

好在換了鋼梁和新舊夾雜的木材，設計上看來大致仍不失古色古香。新屋子又用了大量玻璃（老式玻璃），光線特別明媚宜人。

但此棟建築中真正保留下來的古蹟其實是樹，樹都長得高大健康。我常仰視它們到脖子發疼，仍捨不得不看。

日本人的原國土，最南只到九州，一八九五奪了台灣以後，就想來發展熱帶植物，所以去中部種了紅茶，到校園種熱帶果樹，我中學有四年在屏東女中，當年日本時代屏東人不怎麼讓女孩子讀書，地廣人稀的屏女幾乎成了熱帶植物園。

畫好看，房子好看，但它們都不如後院裡那群又高大又蒼老又青翠欲滴的大樹好看，不管是熱帶果樹，還是中國南方的樟木。

另外，畫廊還有一項好構想，四壁是掛畫用的，而中間的一塊留出來的空間，是給客人喝茶用的，散放了大約七八張桌子。

我帶朋友去，表面上是去喝茶，其實，我老是提醒他們：

「要看樹哦！在都市住宅裡，你看過這麼漂亮的樹嗎？」

老闆對我很好，常不收我茶錢，我因慚愧，所以有次就去買了些點心相贈。又因怕郵寄破損，便請人幫我送去。

送去之前，為了好拿，我想還是綑紮一下吧，便自己動手搓了一截細繩子把禮品紮好。

不過，我又小裡小氣，附了一張紙條如下：

> 這包小禮物，是送給畫廊中的朋友吃的，不成敬意。
>
> 但那根包紮用的繩子，你們如果覺得好用就自己留著用——若是沒用，想丟掉，就請不要丟，而為我存著，下回我去的時候再拿回來。

禮物，他們也許常收到，但附上這麼一張怪紙條的事，卻沒碰到過。

他們七嘴八舌地討論一番之後，便有「行動派」的人主張上網去查，這種繩子是哪裡的產品？不料竟然查不到。

（唉，奇怪，這年頭，大家都把「網」看作是無所不能的，什麼事都去問「網」，「網」簡直成了「王」。）

他們不死心，便打電話給我，問：

「張老師，你這繩子是在哪裡買的呀？我們好奇，為什麼我們在網上怎麼查都查不到？」

我在電話上不覺笑出聲來。

「當然找不到啦！這不是哪家公司的產品，是我自己用手搓出來的啦！」

「呀！你會搓繩子？好厲害！」

他們哪裡知道，我其實是個笨到連智慧型手機都不善操作的人呢！

但是，我喜歡用手，人類的手會做的事成千上萬件。手能寫字、能畫畫、能刺繡、能彈琴、能指揮樂團或操兵表演、能在兩個山頭上打旗語、能為人動手術、能掐花、能製陶、能栽種、能縫補、能射箭、能揉麵、能擀麵、能拉麵、能捻麵團成貓耳朵、能捏小麵人、能舂米、能打毛衣、能彈棉花、能採茶、能點人之穴、或為人按摩、能輕輕握住一個小小孩的手，掰著他的指頭，教他數「一、二、三」……。

當然，我還喜歡用手搓繩子。

如果可能，我真希望一年三百六十五天中有一天是「手節」（你知道嗎？這世界已有很多

「怪節」，例如三月三日，是國際「耳朵節」，提醒大家要注意聽覺健康）。「手節」這一天不必放假，但要叮嚀世人，小心不要讓手「墮落」——而讓手高貴的方法不是塗抹蔻丹或香水或護手霜，而是讓它不要處於「失能」狀態。畢竟，笨手笨腳可不是好事。假如你看過米開朗基羅所畫「上帝造亞當」的那幅畫，「擬想中」的「上帝」與「亞當」，兩者之間除了眼神的互照，加上四下風起雲湧的大律動，「神」「人」間真正如雷如電欲碰欲觸的肢體竟是手指尖。上帝「以指傳指」度給人類——獨獨交給人類——的不可思議的「手之天稟」……。

作母親的，能把孩子的指頭教聰明了，這份遺產之豐厚，應該不下於三棟豪宅。

（二〇二四・一）

能把人「活活累死」的「活兒」

如果我問你：

「家庭主婦分兩種，你知道是哪兩種嗎？」

你會怎麼回答？

有一次，我在一張不太大的咖啡桌上，問一掛朋友。那天圍桌而坐的大約有六七人（其實，六就六，七就七，但，難免有人遲到早退）。

我問的那人還在苦思，我姑稱他為A，他旁邊的另位仁兄我就姑稱他為B吧，卻快嘴快舌地搶著回答說：

「哈，我知道，漂亮的跟不漂亮的！」

大家都笑了。

B其實不是壞人，但不知為什麼，他老喜歡在言談行動中扮演「稍稍有點壞」的角色，好像生怕自己會被人誤為正人君子似的。

這時A也想出了他的答案了：

「家庭主婦有的坐在家裡也能賺錢，有些就專心作家庭主婦，只負責把丈夫賺來的錢花掉。很大方地、或者很摳門地花掉。」

「你能舉個例子嗎？」

「例子很多啊，像王永慶的大老婆、二老婆都沒聽說去上過班。但那位三娘，因為出身跟餐飲有關的行業，所以弄出個很風行的王品牛排，憑良心說，真的還又便宜又好吃！他們還允許兩個顧客合點一份牛排呢！」

另外有位女士（姑稱她為C吧）也飛快插進來：

「我想起一個『有錢人的老婆』了。她是張忠謀的太太，呀，作張忠謀的老婆，大可以成天錦衣玉食、遊手好閒。可是，她居然把自己修練成了一個畫家——而且，我覺得她畫得還不錯呢，我都想去買一幅來掛了！」

「哎呀，我也想起一個人來了，」我忍不住也發言（你算我是D吧），「趙元任你們知道嗎？上世紀的人了。」

「趙元任是男的呀！」說話的是A。

「哎，我話還沒說完呢——我要說的這人是趙元任的老婆！」

「她老婆是誰？」問話的是E，「沒聽說。」

「你沒聽說不代表她不出名，她名字叫楊步偉，」我說這三個字時也意氣風發起來，「哎，民國初年，光聽這名字，你就知道此人不簡單了。趙元任是語言學家，她卻是醫生，這兩人誰窮誰富你就知道了。但後來趙元任去了美國，她只好跟著。趙元任寫了很多本書，有關語言學的，但都不暢銷。趙太太的中國醫師身分在美國當年不能行醫，只能在家閒著。但她也本事大，就動手寫了一本《中國食譜》，她的英文雖然不怎麼樣，卻也達意，立刻變成當年市場上的暢銷書，趙教授一輩子的著作加起來的銷售量還不及她那一本！」

大家都笑了，還有人說些什麼「好書都是寂寞的」話來。

笑聲中，E卻緩緩道出她的想法：

「你們都忘了剛才的題目了！我們被問的題目是如果把家庭主婦分兩種，你要怎麼分？會賺錢的加上不會賺錢的，其實這只是許多分類法之一。」

「唉，我剛才說的答案你們都嫌我亂講，哼，」B又努力插進嘴，「我剛講的也很有道理的！漂亮的，就讓男人捧在手掌心裡，一輩子作公主。不漂亮的嘛就得勤勞務實，在家裡好好伺候老的小的……，在謝東閔時代就有『客廳變工廠』的家庭加工了。」

「咦？那，你老婆是哪一類？」問話的是F。

「啊，我老婆不是純家庭主婦，她在公家機關上班，事情不多，至於『漂亮度』嘛，她中等，所以，她有時也有點凶……」

笑聲中，我拉回主題，去問還沒發言的F，她為人平易，不喜歡搶著說話：

「在我看來，人類的婚姻應該是為了延續生命，所以，應該把主婦分成兩類，『有孩子的家庭主婦』和『沒孩子的家庭主婦』，沒孩子的家庭主婦我不提，她們得自己去尋找她們的生活目標。有孩子的——沒別的選擇，你非把小孩顧好不可！顧小孩，那真是個能把人『活活累死』的『活兒』啊。」

F是北方人，她說的『活兒』二字（其實是讀成了一個字）很好聽很新鮮，我聽得呆了。

連晚到的一直不說話的G也喃喃自語起來：

「哎，又『活活』，又『累』，又『死』，又『活兒』，這句話很好玩呢！」

咖啡喝完了，沒人想續，有人有事須先走，大家就散了。

我卻被那一句「把人活活累死的活兒」給纏上身了，又是「幹活兒」，又是「死」，這死活兩字怎麼竟撞到一個句子裡去了呀！G給攪亂了，我也是。

咖啡店離家不遠，我慢慢走回家去，一路想著，孟子的母親多累啊，成天搬家不說，還要懂「戲劇化教學法」，用剪刀剪斷織布來讓小孩明白什麼叫「持恆可續」。歐陽修的媽媽因為沒錢買紙筆，只好蹲在地上用黃泥土地當紙張教小孩寫字。胡適的母親深夜關起門來責罵兒子，在大家庭中，「教子」也要委委屈屈地進行。王建煊的母親因家貧，自己忍飢挨餓，以致營養不良，二十九歲便停了經，但她最後居然也活到九十九歲半……。

說到這裡，想到有位特別賢慧的婦人，我想把她的故事單獨說一說，而所謂「特別賢慧」也幾乎等於「特別倒霉」的意思。

她的名字叫做鍾令嘉，出生於一七〇六年，她十八歲嫁給一個姓蔣的「老頭」，「老頭」四十多歲，相較於她是大了一倍有餘。

我自己因年少時（十四歲到十七歲）住屏東，頗多住在內埔、麟洛的客家同學，我至今還喜歡問客家朋友，「你家是從哪裡遷來的？」奇怪的是，他們有一半以上是從江西。而且，他們姓鍾的有一大堆。

而鍾令嘉也是江西南昌，我因此大膽推斷她是我那些鍾姓客家朋友的先祖。客家女人吃起苦來真是一把好手。

她嫁的那位蔣老頭並不是壞人，你甚至還可以說他是好人，但他有個要命的毛病，他喜歡交朋友，而且，喜歡宴客，而且，負責付錢。請客之事，就算在家中布筵，天長日久，也要囊篋一空的。那時，蔣媽媽，就是鍾令嘉，便得脫簪子、拔耳環去典當，家中變得四壁蕭然。

後來蔣老頭到外縣市去作大官的幕客（祕書），賺的錢想來也讓他自己花光了。蔣媽媽只好帶著小兒回娘家去住。好在蔣媽媽有一手好針線，還養得起家中主僕三人。蔣媽媽又為兒子開了「家庭小學」，教本包括《禮記》、《周易》、《毛詩》，外加唐詩、宋詩……（鍾令嘉自己也有書傳世，書名叫《柴車倦遊集》）。

蔣老頭不在家的那些年，鍾氏寒夜課子，天太冷，鍾氏「解衣以胸溫兒背」，免得小孩凍到。她的兒子蔣士銓終於成為清代的學人兼戲曲家，人稱「江右三大家」，與袁枚、趙翼齊名。

一七四九年，蔣士銓二十四歲，鍾氏四十三歲（蔣老頭已死），蔣士銓偶遇一畫師，便延請他為母親留一張畫像，命名為「鳴機夜課圖」（機，指的是織布機）。此圖今已不見，但蔣士銓為這畫寫的來龍去脈的故事卻感人至深。

全世界，各個貧富地區的壽命統計，女人都比男人要多活個五六歲，我猜上帝一定是這麼想的：

「唉！女人，她要承當的照顧孩子的事太累人了，我一定要給她設計一個『不容易死』的鬧門——『照顧人的人』必須要讓她活長一點，為了下一代……」

「所以，這樣吧，讓她們比男人早熟，比男人晚死……。因為，養孩子，這件事，是不好搞的……」

那些幹著「活活累死人的活兒」的女人，上帝出面，最後，給了她們一筆「年終獎金」——哦，不對，是「生終獎金」。

（二〇二四・二）

憂國憂民的那一位

我醒了，我發現，他也醒了。

我們很少同時醒來，因為他早睡早起，我晚睡晚起。

我們擁有一張大床，但仔細看，其實是兩張小床拼成的，小床各寬二尺八寸，上面各放一塊硬度不同的彈簧墊。他的軟些，我的硬些。

「昨天晚上忽然下了一場大雨，把我吵醒了，你知道有場大雨嗎？」

「我知道。」

「奇怪，忽然就下了一場大雨。」

「不奇怪，老天爺愛下雨、愛下冰雹、甚至要下金子，我都隨祂，我哪管得著……」

「雨下那麼大，害我睡不著，又不敢吵你，躺在床上，我就想，唉呀，這麼大的雨，不知道台灣哪些低窪地區又要淹水了！」

「哼！」我忽然生起氣來，「你呀，唉喲，還真是個『憂國憂民』的『仁人君子』呀！我看你去競選市議員吧！」

「你說的是什麼話呀？我擔心低窪地區又有什麼不對了？」

「擔心？擔心個頭，擔心就跳下床，直奔社子島去為居民清汙呀！睡在床上的人說什麼擔心，假仁假義！」

「你今天是怎麼啦？一大早，連床都還沒起，你就來吵架——」

「抱歉，你用錯動詞了，我這不是跟你『吵架』，我就是要『罵人』！」

「我為什麼要『被罵』？」

「好，我現在不跟你說，我們各自起床，等我們把洗臉、漱口、上廁所、吃飯的大小正經事件都弄好了，我再來跟你答話。」

半小時以後，我們坐在餐桌旁，餐桌常是家人論事的地方，我們坐成九十度角。

「我告訴你，你為什麼會挨罵？」

「我什麼都沒做……」

「嘿嘿，錯就錯在你什麼都沒做——我告訴你，昨天晚上，我也給風雨吵醒了，一醒來我就急急跳下床，我對自己說：『完了！完了！怕有地方要淹水了！』」

「你爬起來了？我怎麼不知道？」

「我看你睡得熟，就沒叫你，叫你，你也未必肯起來——」

「後來呢？」

「後來，我沒拿傘也沒穿雨衣，就直接衝到『災區』去了！淋得渾身濕透！你如果不信，可以到浴室看我的濕衣服。」

「災區？」

「對我來說，我們家住六樓，按道理是不可能淹水的，其實不然，就我而論，全台北『最低窪的災區』就是我們屋頂七樓排水孔周邊一公尺見方的地方。如果忘了隨時清掃周邊的樹葉和塵沙，稍下一點雨，它就立刻積水給你看！而且不是小積，是全陽台都積，而且會積到七公分高。如果沒有人去『搶救』，它就一直積著，然後，滲下來。然後，我們的六樓的天花板就會很好看了！」

他不說話。對於這類「災情史」，我想，他是第一次知道。

「我告訴你，我立刻跑上去，也沒叫你，你又豈是好叫的？我哪來得及，我跑上樓，一看，果然積了水，我就用手把樹葉扒開、捧走，捧了四五次，水就立刻下去了，前後十分鐘，積水全洩了……。『低窪地區』，『地窪地區』，對我來說，『低窪地區』就在我們自家頂樓上。」

「你沒受涼吧？」

「少來，我受不受涼不是重點，我氣你躺在床上叨念些什麼憂國憂民的事，你的那副腦子就不能想想，明明自己家裡就有『低窪地區』，就需要有人從床上跳起來去『救災』……」

他目瞪口呆，沒說話，過了一會，才說：

「你當時怎麼不叫我？」

「叫你？那很累，我二十秒鐘就得抵達『災區現場』，沒工夫叫你，來不及……」

不知道為什麼，大部分的家庭，其戶口名簿上的戶長都是男主人，但大部分的男主人都不夠格當戶長，哈，他們「『才』大氣粗」，比較適合當「球長」。「球長」嘛，就是「地球之長」的意思，讓他們那偉大的心胸去「憂國憂民」吧！讓他們躺在床上，聽著疾風勁雨去關心「遠方的低窪地區的災情」吧！

至於我，這個「副戶長」（雖然編制上沒這個名目）是得穿著睡衣立刻跳起來衝入大風大雨中去「勘災」「救災」的！

原來，「家」是我的，至於那位戶長嘛，他是寄居在「我家」而「志在天下」的「偉人」。想通了，也就懶得計較了，你跟「憂國憂民的偉人」怎麼計較呀？

（二〇二三・十二）

【後記】

十八個阿嫂的箋注

(1)

古人（當然啦，我指的是華人的古人）認為，這世界上最重要的就是經典。但經典一般人未必看得懂，所以要有人為它「箋」一下。但「箋」完了，也許有人還是不懂，那就「搭著箋」再來「注」一下。

我的「十八阿嫂篇」沒那麼難懂，但我還是擔心有人看不懂，所以就來加個「箋注」。不是嫌讀者笨，而是時代改變了，家事一下子給搞亂了。有次我送四個我認為是「全台北最好吃的白饅頭」給一位有兩個小孩的年輕媽媽。我再三叮囑說，「熱的比較好吃，你吃前隔水蒸五分鐘。」她愣愣地望著我說：

「蒸？蒸是什麼？怎麼蒸？你是指微波嗎？」

我氣得連罵她的力氣也沒有了。

(2)

到二〇二四，我就結婚六十週年了，六十年來，日子過得像打仗（而且打的是「爛仗」），應該是遍體鱗傷。不過還好，人算是粗安——其間靠的不是「修養」，不是「愛心」，更不是淑女教育的「忍耐訓練」，而是，靠「幽默感」和「自我解嘲」的彈性。以及不知何方得來的神力，什麼倒霉事一轉身都可以全忘光光的「健忘能力」。

(3)

一年半前，看到影星林青霞香港豪宅起火的消息，不免嚇一跳。在那樣絕美的山頂，蓋那樣絕美的豪宅，港人大概沒有不羨煞的。而第二天消息追蹤更令人驚歎，原來當時林青霞並不在此宅，因為她在山上又置了一棟「另書房」。她那會兒人在「另書房」裡，所以很平安。新聞報導還附了一句，說，大豪宅本宅中的阿嫂有十八位之多，港人更是嚇了一跳。

但是那麼大的房子加院子，養十八個工作人員也算合理吧！我只奇怪為什麼沒有一個安全巡查人員。火警時至少警報器要響呀！原來，十八個阿嫂也還是不夠用的。

我忽然想到，唉呀！其實我家也有十八個阿嫂，但，全由我一人兼任了。薪水零元，而且，我還要去賺錢來供應一部分食、衣、住、行，以及教育小孩。

(4)

家務之繁雜，我每月寫一篇，這一寫就寫了一年半，共得十七篇。不是說十八個阿嫂嗎？怎麼只寫出十七篇？其中，跟搓繩子有關的「傳統活兒」寫了上下兩篇。不過，前面一、二兩篇卻寫了三項職務，所以，扯平了，還是十七項任務。

其實家事是做不完的，譬如說，洗衣服、熨衣服就很煩人，連送洗，也煩人，真是一言難盡，我就沒寫它了。

為了怕讀者給搞糊塗了，特列箋注如「行路指南」如下：

第一、二篇　寫三種勞務，1.除塵；2.收拾並丟垃圾，加上3.繳各種費用如水電費、房貸等。

第三篇　講園藝。

第四篇　講家中「物件」的放置。

第五篇　講循著時序，過中外年節。

第六篇　講自己個人要閱讀，要充實自己。

第七篇　講拿捏「人情來往」的分寸。

第八篇　講環保，人活著，難免要消耗資源，家庭主婦要跟上時代，為地球竭力維持「稍微」「乾淨一點的淨土」。

第九篇　家裡要有點心師，隨時自製些小點心。

第十篇　為地球，該想出些節約之道。

第十一篇　家庭主婦要照顧全家，但別忘了一個人——自己，否則自己倒下就玩完了。下半篇和第六篇有點相似，但不同，這一篇是起而推動全家人的閱讀，重視全家人的生活品質。

第十二篇　談男人和錢，在這世上，或說在中國，男人對錢的態度可分三種，其一是正常男人，其二是瘋狂追求金錢的男人，其三是「瘋狂」「不在乎金錢的男人」——希望「妳」碰到的是第一種。

第十三篇　家庭主婦有時不知為什麼就會被當作「氣象諮詢顧問」來求教。

第十四、十五篇　寫「家庭絕技」的失傳。

第十六篇　寫養小孩。

第十七篇　談談「以天下為己任」的男士，常常陷入「一室之不治，何以天下為？」的弔詭窘境。

第十八篇沒寫，但誠如第二篇所言，十八個阿嫂中必須設一人為「大阿嫂」，負責管理調動那十七位（這次林宅火災延燒近八小時，很可能問題就出在「大阿嫂」的分工不夠細、監督不夠嚴）。

是女人，大概沒誰不是「婦運分子」。但台灣的「婦運家」大概從來沒把我視作她們的同伙，可能因為我不善「激情言論」——但溫火煮青蛙，照說也應該有其煮熟的時候。在談笑中論問題，未必不能解決困境呢！

（二〇二三・十二）

附帶嚕嗦一句跟本文無關的好玩思維：在中文裡，「十八」是個神祕的數字，例如：女大十八變、十八般武藝、十八層地獄。但奇怪的是，天卻只有「九重天」。看來「地獄」的空間規劃竟比「天」要大上一倍呢！

【代跋】

只不過把左腳放到右腳的前方

(1)

有一次，說來是二〇一八年的事了，我在中國大陸某地演講。主辦單位出於好意，想找句好詞，來為我吹捧一番，便在會場門口拉起一張大紅布條，上面貼著醒目的白字「慶祝作家張曉風女士寫作五十週年」。

(2)

不料，我卻沒領情，我的演講如此開頭：

各位朋友，容我先來糾正一個資料上的錯誤。

也許主辦這場演講會的朋友都很年輕，對他們來說，五十年，想來已經是很長——很

長——很長——的一段時間了，值得大書特書。但事實，卻不是這樣的。我計算自己的寫作，是從一九五八年夏天開始的。這不是說在此之前我沒寫過或發表過文章，有的，我八歲（一九四九年）就去《中央日報》的《兒童週刊》投稿，到了十三歲改投《青年戰士報》的「學府風光」專欄。以後就投台灣南部《新生報》的副刊。但一九五八年，十七歲，我的文章登上台北的《中央副刊》，我便自認算是「出了道」了（這是那個時代大家共同的想法）。之後，我在讀大一中文系時也陸續投稿，而大一那年的入學學費是九百六十元，我因從香港《燈塔月刊》拿到個徵文第一，得到百元港幣（那時折成台幣是八百元），算是應付了一點小困局。

所以說，到今天，從十七歲到此刻的七十七歲，我的寫作之路是整整六十年，而不是五十年。

(3)

我此刻重提此事，但，不知不覺，這也已經是五年以前的事了——因此，到今年，二〇二三，我的寫作生涯又升格為六十五年。但，這實在也沒什麼可以誇口的，人家李賀只活了二十六年，可以用來寫作的時間就算有個二十年，也只有我的三分之一。但，文學成就豈是這樣計算的？文學史上「一句輝千古」的事也不是沒有——寫作這件事，其「功勞」和「苦勞」是不能相提並論的。

人活世上，除了自己要小心翼翼，此外多少要靠點天恩。詩人戴望舒四十五歲時因打多了麻黃素而身故（為了治療哮喘而自行注射）。年輕的楊喚因想搶時間去看一場早場免費勞軍電影而在平交道上遭火車撞死。諷刺的是，那部電影名叫《安徒生傳》，是美好的童話世界的故事。而在現實生活中，一個貧窮小兵（雖然寫著大家都愛看的兒童詩）所碰到的事常是淒厲難堪的。我今年八十二歲還能扛著一枝禿筆作為鋤頭來墾地，不是額外的天恩又是什麼？

說到「禿筆」，我想順便提一句，在古代，在典故中，才子江淹於夢裡「被贈予」了彩筆一枝。那枝華美的、原屬於別人的彩筆，用來寫流麗的駢文也許勉強勝任（但不幸的是原物主小氣巴拉，又巴巴地費事地跑回夢裡來，把筆給要了回去），不過如果用眩目的彩筆來「寫生活」、「寫亂世心境」恐怕力道就會有所不足。而我的這枝「禿筆」雖拙，卻反而實用些。

(4)

有一個漢字，我很喜歡，它在甲骨文時代寫成這樣子：

我覺得極美，它是「行」字。「行路」的重要條件是「有路」。不管往東、往西、往南、往北，你都可以選擇——只是，如果根本「沒路」，那就叫人「沒轍」了。你當然也可以自己開出路來或踩出路來。但「人類常是個『整體』」，別人披荊斬棘開成的路我竟可以理直氣壯地大步走上去，這是多麼好的事啊！（只有盜匪才會說：「此山是我開，此樹是我栽，要想由此過，留下買路錢！」）譬如說，如果沒有倉頡，叫我自己來造字、來寫作，那我一定會活活累死。別人把漢字經營了四千年，我如今手到擒來，立刻可用，真是便宜占盡啊！

我是個在前人造好的高速公路上，駕著他人生產的汽車而疾馳的人。

(5)

「行」字在小篆時代又變了一種寫法，寫成這樣：

文字學者的解釋是「左腿加右腿」——兩腳交互而動，這當然是往前行走的必要條件。不管是道路，是雙腳，都是「行路者」非有不可的。

(6)

「行」字也有人把它分成左右兩部分來用，那便成了「彳」（讀作「赤」）、「亍」（讀作「處」的去聲），「彳」算左腿，「亍」算右腿——說來，走路這事一點也不希罕，你只要乖乖把右腿踏向左腿前方，再把左腿踏向右腿前方，如此這般，哪管它千里萬里之遙，亦自可抵達。

寫了六十五年，這一路行來，左腳、右腳、左腳、右腳……，把兩隻腳走到挫磨發軟或生繭——但，這一切，卻是多麼不常見且多麼幸福的疼痛啊！

附言：

1. 本書中的作品，在末行處皆註明發表的刊物和時間。至於未註明刊物名稱的，則全刊載在香港《明報月刊》（香港，好像天生就該是一張華人文化的好平台）。我很欣賞這本雜誌，也很欽佩辦這本雜誌的潘耀明先生，所以答應為他們寫專欄，每月一篇，積少成多，竟成此書。我很感謝這塊沃土，讓我在其間耕耘且收成。但出農地的、加上出鋤頭和力氣的，都不算什麼，只希望有讀者能欣然捧起可以入口的糧食。
2. 謝謝阿隼！我的設計家朋友，他找了一片銀杏樹葉，用一八四〇年某英國爵士所發明的「氰版印像」顯影手法把它雕鏤了出來，成為本書的封面。銀杏樹我很喜歡，她高大美好，是一種善於忍苦的好脾氣的樹，耐得過貧脊、寒冷和乾旱、風霜、乃至市塵。她只有兩件衣裳，春天，她穿碧玉，秋天，則披黃金。她就這樣從史前，一逕愣愣地、兀兀然地活上一千年、一萬年，渾渾沌沌、不知寒暑……

張曉風作品集 17

八二華年

國家圖書館出版品預行編目（CIP）資料

八二華年 / 張曉風著 . -- 初版 .
-- 臺北市 : 九歌出版社有限公司 , 2024.03
面； 公分 . -- (張曉風作品集 ; 17)
ISBN 978-986-450-662-0(平裝)
863.55 113001026

作　　者——張曉風
責任編輯——鍾欣純
創 辦 人——蔡文甫
發 行 人——蔡澤玉
出　　版——九歌出版社有限公司
台北市 105 八德路 3 段 12 巷 57 弄 40 號
電話 / 02-25776564・傳真 / 02-25789205
郵政劃撥 / 0112295-1

九歌文學網 www.chiuko.com.tw

印　　刷——晨捷印製股份有限公司
法律顧問——龍躍天律師 ・ 蕭雄淋律師 ・ 董安丹律師
初　　版——2024 年 3 月
定　　價——420 元
書　　號——0110117
I S B N——978-986-450-662-0
9789864506552 (PDF)
9789864506569 (EPUB)